Robert Vuijsje

Alleen maar nette mensen

ROMAN

Nijgh & Van Ditmar
Amsterdam 2010

Voor Sonny

Eerste druk maart 2008
Tweede druk april 2008
Derde druk augustus 2008
Vierde druk maart 2009
Vijfde druk maart 2009
Zesde druk april 2009
Zevende druk april 2009
Achtste druk april 2009
Negende druk mei 2009
Tiende druk mei 2009
Elfde druk mei 2009
Twaalfde druk mei 2009
Dertiende druk juni 2009
Veertiende druk augustus 2009
Vijftiende druk september 2009
Zestiende druk (midprice) november 2009
Zeventiende druk (midprice) november 2009
Achttiende druk (e-book) november 2009
Negentiende druk (e-book) november 2009
Twintigste druk (midprice) januari 2010
Eenentwintigste druk (midprice) januari 2010
Tweeëntwintigste druk (midprice) februari 2010
Drieëntwintigste druk (midprice) maart 2010
Vierentwintigste druk (midprice) mei 2010
Vijfentwintigste druk (gebonden) mei 2010
Zesentwintigste druk (midprice) juli 2010

www.nijghenvanditmar.nl

Omslag Studio Pollmann
Omslagfoto © Tony di Lorenzo
Foto auteur © Bob Bronshoff
Typografie Adriaan de Jonge
NUR 301 / ISBN 978 90 388 9287 0

Deze uitgave kwam tot stand door bemiddeling van
Sebes & Van Gelderen Literair Agentschap te Amsterdam

PROLOOG

Dag schoonheid

'Dag schoonheid,' zei ik. 'Ik ben David. Wie ben jij?'

'Wie ik?' vroeg ze. 'Hier, kijk op m'n tanden.'

Dit was het echte leven. De ene echte mens die aan de andere echte mens liet zien wat er op haar gouden tanden stond geschreven. Op de rechtervoortand stond in kleine letters ROW en op de linkertand ANDA.

'Ro-wan-da?' vroeg ik.

'Zo heet ik,' zei ze. 'Rowanda.'

Ik vroeg waarom ze die gouden tanden had genomen.

'Status?' Ze deed haar mond open, zodat ik goed kon kijken. 'Dat ze zien dat ik elite ben?'

Ik vroeg of Rowanda goed kon koken.

Dat kon ze niet. Ze woonde bij haar moeder. Die kookte altijd. Rowanda wilde wel graag leren.

Haar wenkbrauwen waren weggeschoren. Er zaten alleen twee getatoeëerde zwarte streepjes. 'Die heb ik laten zetten,' zei ze.

Ik vroeg waarom.

'Ik weet niet.' Rowanda haalde haar schouders op. 'Mijn moeder heeft het ook.'

Davids dagboek:
De multiculturele samenleving

De mensen die ze allochtonen noemen, denken de hele dag na over wat het betekent om te horen bij de mensen die ze allochtonen noemen. Bij iedere sociale interactie worden ze eraan herinnerd dat dit niet hun land is.

Hollanders denken nooit na over wat het betekent om te horen bij de mensen die ze allochtonen noemen.

De mensen die ze allochtonen noemen willen precies weten wat je bent.

Voor Hollanders maakt het niet uit bij welke groep iemand hoort. Het zijn allemaal allochtonen.

Hollanders zien geen verschil tussen een Antilliaan en een Surinamer. Ook niet tussen een Turk en een Marokkaan.

Turken zijn boos op Marokkanen omdat die hun een slechte naam geven.

Om dezelfde reden zijn Surinaamse negers boos op Antillianen. Ook dragen Antillianen te veel goud, spreken ze geen Nederlands en zijn ze dom. Alle lelijke slaven werden op Curaçao uit de boot gezet. De mooie slaven mochten doorvaren naar Suriname.

Volgens Antillianen denken Surinamers altijd dat ze elite zijn.

Als een Hollander thuis komt met een nieuwe verkering die hoort bij de mensen die ze allochtonen noemen, weet iedereen: die kon niet beter krijgen.

Surinaamse negers vinden dat Surinaamse Hindoestanen kapsones hebben.

Hindoestanen vinden negers lui en dom.

Hollanders denken dat alle Zuid-Amerikaanse, Afrikaanse, Oost-Europese en Aziatische vrouwen die in Nederland wonen hoeren zijn.

Antillianen uit Curaçao vinden dat Arubanen kapsones hebben. Dat komt doordat ze lichter zijn.

Arubanen denken dat Curaçaoënaars lui en dom zijn. Ze geven Antillianen een slechte naam omdat het allemaal criminelen zijn.

Voor Hollanders is het normaal om grappen te maken over luie zwarte mensen die te laat komen. En over Marokkanen die liegen en stelen. Ze doen dit nooit in het gezelschap van mensen die ze allochtonen noemen.

Nog een Hollandse grap: zwarte mannen gaan iedere dag vreemd. Hollandse mannen gaan niet vreemd. Die gaan naar de hoeren. Dat is makkelijker, veiliger en op de lange termijn goedkoper.

Stadsnegers zeggen dat bosnegers achterlijke inboorlingen zijn. Stadsnegers komen uit Paramaribo, boslandcreolen uit het binnenland van Suriname. Bosnegers vinden dat stadsnegers denken dat ze elite zijn.

Israëli's vinden dat Nederlandse joden mietjes zijn. Als zij in de Tweede Wereldoorlog in Europa hadden gewoond, zouden ze die Duitsers even een lesje hebben geleerd.

Nederlandse joden vinden Israëli's barbaren, die op een beestachtige manier omgaan met Palestijnen.

Hollanders uit de Randstad weten dat Brabanders en Limburgers altijd liegen. Dat komt doordat ze katholiek zijn. Mensen uit het noorden en oosten zijn achterlijke boeren.

Alle Kaapverdianen wonen in Rotterdam. Niemand ziet het verschil tussen een Kaapverdiaan en een Antilliaan.

Kaapverdianen zijn boos omdat Antillianen hun een slechte naam geven.

Hollanders gaan er onbewust van uit dat mensen die ze allochtonen noemen minder slim en ijverig zijn dan echte Nederlanders.

Mensen die ze allochtonen noemen weten dat ze op school en op het werk altijd worden achtergesteld.

Negers denken iedere dag aan de slavernij. Behalve negers denkt niemand ooit aan de slavernij.

Joden denken iedere dag aan de Tweede Wereldoorlog. Behalve joden denkt niemand aan de Tweede Wereldoorlog.

Hollanders weten dat joden gierig zijn, en ze moeten eens ophouden met dat gezeur over de oorlog.

Joden vertrouwen Hollanders niet. Wat er in de oorlog gebeurde, kunnen ze zo weer laten gebeuren. Alleen gebeurt het dan niet met joden, maar met Marokkanen.

Surinamers en Antillianen vinden dat Afrikanen ruw zijn, en onbeschoft en te zwart. Ze dansen raar en ze wonen met twintig mensen op een flat. Afrikaanse mannen zijn verkrachters die niet weten dat nee betekent: nee. Ze willen altijd betaalde seks doen met kleine meisjes. Afrikaanse vrouwen hebben snorren, baarden en een slechte huid.

Volgens Afrikanen denken Surinamers en Antillianen dat ze beter zijn, alleen omdat ze Nederlands spreken.

Amsterdammers kijken neer op de rest van Nederland.

De rest van Nederland vindt dat ze in 020 kapsones hebben.

Het zijn niet alleen Turken – alle mensen die ze allochtonen noemen zijn boos op Marokkanen, omdat die hun een slechte naam geven.

Marokkanen zijn boos op iedereen.

FEBRUARI

Alleen maar nette mensen

De avond waarop mijn ouders me dwongen om naar dokter Bornstein te gaan zal ik niet snel vergeten. Ze hadden een diner georganiseerd voor hun zogenaamde vrienden. Het festijn vond plaats in mijn ouderlijk huis, op een zondag. Op die dag gaat mijn moeder meestal naar salsales. Speciaal voor die lessen heeft de buurvrouw een salsakamer ingericht. De buren hebben een huis van drie verdiepingen, waarvan ze er een niet gebruiken.

Uit heel Amsterdam Oud-Zuid komen vrouwen van de leeftijd van mijn moeder naar de salsalessen. De leraar heet José, hij komt uit Cuba. Na de les maken ze flessen Zuid-Amerikaanse wijn open en vertelt José over Cuba, terwijl de vrouwen in een kring om hem heen zitten. Voor deze keer maakte mijn moeder een uitzondering.

Mijn vader had een rode broek aan en een blauw overhemd met een witte kraag. De laatste jaren droeg hij zulke kleren. Vroeger was hij een hippie. Nu is hij de baas van een actualiteitenprogramma bij de publieke omroep, volgens hem het enige fatsoenlijke programma op de vaderlandse televisie.

Zijn zogenaamde vrienden waren de hoofdredacteur van de kwaliteitskrant en de beroemde columnist. Ze hadden hun echtgenotes meegenomen.

'Het is een paar jaar geleden dat Fortuyn werd doodgeschoten,' zei de hoofdredacteur van de kwaliteitskrant. 'Maar de Fortuynistische beweging blijft sluimeren in de grote steden.' We gingen aan tafel, het was duidelijk dat de hoofdredacteur van de kwaliteitskrant de komende minuten aan het woord zou zijn.

Mijn moeder had de grote witte vierkante Jan des Bouvrie-tafel in de eetkamer gedekt voor zeven mensen. Ze woonden in een huis van drie verdiepingen, met een tuin, in de Van Breestraat. Mijn jongenskamer kon ik niet meer gebruiken omdat die vol stond met boeken. Mijn vader beweerde dat hij de grootste collectie sociaal-wetenschappelijke boeken van Nederland had.

De Van Breestraat is vlak bij het Vondelpark. We zitten in het beste gedeelte, dat uitkomt op de Cornelis Schuytstraat. 'Alleen maar nette mensen,' aldus mijn moeder. In Oud-Zuid is alleen maar nette mensen codetaal. Iedereen weet dat je bedoelt: geen mensen die ze allochtonen noemen en vooral geen Marokkanen.

De buurman is de baas van het advocatenkantoor waar mijn moeder werkt. Aan de andere kant woont de familie Koningsberg. Meneer Koningsberg is de makelaar die me heeft geholpen aan een woning, één straat verderop.

Het is een kleine verdieping. Als ik daarover klaag, zegt mijn moeder: 'Je woont wel tegenover prins Maurits en prinses Marilène. Wat goed genoeg is voor de prins, is goed genoeg voor jou.'

'Ik hoor nooit iemand praten over Fortuyn,' zei ik. De vrouw van de beroemde columnist keek even mijn kant op. Zodra ze merkte dat niemand naar me luisterde keek ze snel weg.

De beroemde columnist stak een sigaar aan. 'Fortuyn is een mythische figuur geworden,' zei hij. 'In de traditie van Robert F. Kennedy. We zullen nooit weten wat zijn ware potentie was.'

De beroemde columnist had de gewoonte om in het dagelijks leven dezelfde taal te gebruiken als in zijn columns. Mensen die hem voor het eerst hoorden praten wisten nooit goed hoe ze daarop moesten reageren. Dat vond hij mooi.

'Eigenlijk is het een existentiële kwestie,' zei hij. 'In feite bestaat de Fortuynistische beweging niet meer. Deze conversatie speelt zich af in een theoretisch universum. Fortuyn is net zo'n marginale figuur gebleken als de Fransman Poujade. Van de Poujadistische beweging is niets over gebleven.'

Mijn vader had geluisterd, zonder iets te zeggen. Aan zijn gezicht zag ik dat het moment was gekomen waarop hij ging uitleggen hoe het zat. In mijn hoofd begon ik met tellen: een, twee, drie.

'Fortuyn, Kennedy, Poujade,' zei mijn vader. 'De belangrijkste politicus van de laatste vijf decennia blijft de oude Uyl. Dat was de enige die politieke kennis combineerde met een gevoel voor wat er leefde in de arbeiderswijken.'

Ik telde door: achtenvijftig, negenenvijftig, zestig. Mijn moeder kwam de keuken uit met de voorgerechten. Iedereen praatte verder, niemand keek naar mij. Tot ik zei: 'De zwarte negerin is toch beter dan de bruine.'

De beroemde columnist luisterde, alsof hij geïnteresseerd was in wat iemand anders vertelde. De hoofdredacteur van de kwaliteitskrant staarde naar zijn schoenen. Hun vrouwen keken allebei uit het raam. Ze waren allemaal stil.

'Een zwarte negerin is rauwer,' zei ik. 'Dierlijker. Het beste is als ze zo zwart is dat je niet kunt zien waar het haar begint.'

'We proberen een serieuze conversatie te voeren, David.' Als hij me streng wilde toespreken, gebruikte mijn vader altijd dezelfde toon. Het was bijna twee jaar geleden dat ik van het gymnasium kwam. Ik was nog niet begonnen aan een studie.

Sinds de kleuterschool wist ik dat het niet een vraag was of ik de universiteit zou afmaken. Het was een gegeven, een opdracht waar ik op geen enkele manier onderuit kon.

Op de kleuterschool moesten alle kinderen een keer iets over hun ouders vertellen. Toen de juf vroeg of ik iets wilde vertellen over mijn vader, zei ik: 'Mijn vader is de baas.'

Aan het einde van de middag kwam mijn moeder me ophalen. De juf vroeg of ze even kwam zitten. De meeste kinderen hadden verteld dat hun papa lief was, of dat hij iedere avond kwam voorlezen. Ik moest ook komen zitten, bij mijn moeder op schoot.

De juf vroeg: 'Bedoel je dat papa thuis de baas is?'

Ik zei dat mama thuis de baas was. 'Papa is de baas over de mensen buiten.'

Op de lagere school begon ik er nachtmerries over te krijgen. Dat ik van school werd gestuurd omdat ik geen goeie cijfers haalde. Als ik wakker werd, kwam mijn moeder bij me op bed zitten. Mijn vader bleef beneden, of op zijn werkkamer.

Ik vroeg: 'Bestaat er ook een vuilnismannenschool?'

Mijn moeder zei dat dat niet bestond.

'Wat als ze me van school sturen?' vroeg ik. 'En ik moet naar de vuilnismannenschool?'

Mijn moeder zei dat het niet zou gebeuren.

‘Deze Chablis hebben we van de zomer meegenomen uit Frankrijk,’ zei mijn vader tegen de beroemde columnist. ‘Gewoon bij de boer gekocht.’

Hij trok de kurk van een fles Chablis Grand Cru. De witte wijn was bestemd voor het voorgerecht. Voor bij het hoofdgerecht stond in een karaf een Médoc Cru Bourgeois van Château Patache d’Aux te ademen.

De beroemde columnist nam een slok en zei: ‘Prachtig.’

Mijn moeder zette de voorgerechten naast me op tafel. ‘Even niet over Afrikaanse vrouwen praten,’ fluisterde ze. ‘Praat maar over Naomi.’

Met Naomi had ik verkering op de middelbare school. De kinderen uit mijn buurt zaten op het Barlaeus Gymnasium. De meesten hadden beroemde ouders. Die kinderen hebben het Barlaeus allemaal niet afgemaakt. De regel op het Barlaeus luidde: hoe beroemder de ouders, hoe eerder de leerling wordt gedeporteerd naar het Montessori Lyceum, een paar straten verderop. Daar hebben ze een havo-afdeling.

Jews do it better

'Goeie sfeer hier,' zei Daan. 'Goeie sfeer.'

Hij zegt altijd: 'Goeie sfeer hier.' En daarna nog een keer: 'Goeie sfeer.' Hij zegt het ook als er een begrafenisstoet voorbij komt. Dan is het bedoeld als grap.

Bas en Daan heten eigenlijk Sebastiaan en Daniël. We zaten bij elkaar in de klas. De vader van Bas is karakteracteur in de betere Nederlandse speelfilm, de vader van Daan is professor aan de Universiteit van Amsterdam, gespecialiseerd in Internationale Betrekkingen – beschikbaar voor last minute televisieoptredens. Hij is een zogenaamde vriend van mijn vader. Ze komen een keer in de maand bijeen voor wat ze zelf het 'opiniemakersoverleg' noemen.

Bas, Daan en ik dronken caipirinha's die waren gemaakt door een jongen met rood haar en een geel T-shirt waarop in het blauw stond: EMPLOYEE OF THE MONTH. De Employee of the Month was barkeeper in de Chocolate Bar.

De Chocolate Bar is in de Pijp, vlakbij de Albert Cuypmarkt. Het ligt naast Oud-Zuid, maar daar hoort de Pijp niet bij. Het wordt een volksbuurt genoemd. In de Chocolate Bar hadden ze een dj die de nieuwe cd van Justin Timberlake opzette. Dat kon worden opgevat als camp, maar was het niet per definitie.

Toen ik de caipirinha's probeerde te bestellen, had de Employee of the Month in het Engels gevraagd wat hij voor me kon doen.

In het Nederlands vroeg ik waarom hij Engels tegen me praatte.

Hij zei sorry, maar dat hij dacht dat ik geen Nederlands zou verstaan.

Het verschil tussen Daan en mij is als volgt. Hij is een jood met bruin haar, terwijl ik zwart haar heb. Mijn huid is donkerder dan die van hem, net als mijn ogen. Daan ziet eruit als een Hollander. Ik als een Arabier.

'Je voelt het gewoon,' zei ik.

Daan had het eerder gehoord, maar hij speelde het spel mee. 'Wat voel je gewoon?'

Bas is blond, zijn ouders komen uit Friesland, hij hoorde er even niet bij.

'Je voelt het aan de manier waarop ze naar je kijken. Zelfs Marokkanen denken dat ik een Marokkaan ben.'

'Je bent geen Marokkaan.' Daan dronk zijn caipirinha in één keer leeg. 'Gekkenhuis. Je bent net als ik. Een jood die op het gymnasium heeft gezeten.'

Een uur eerder, op de hoek bij de Chocolate Bar, de Albert Cuypmarkt was leeg. Drie Marokkaanse broeders waren tegen me gaan praten in een taal die ik niet kon verstaan.

Ik vroeg, in het Nederlands: 'Wat zeg je?'

De aanvoerder droeg zwarte suède instappers en een DKNY-broek in dezelfde kleur. Op zijn zwarte shirt stond in grote gouden letters: DOLCE & GABBANA. Hij droeg een lichtbruine Marokkanentas van Louis Vuitton. De Marokkanentas is een handtas voor mannen, over de schouder gedragen, zodat de lijn van je kleren strak blijft, zonder bobbel van een telefoon of een portemonnee in je zak.

Hij vroeg, nu ook in het Nederlands: 'Jij bent toch Marokkaan?' Dolce & Gabbana had kort zwart haar, net als ik, alleen met meer krulletjes.

Ik zei dat ik een Nederlander was.

'Jij bent geen kaas,' besliste Dolce & Gabbana. 'Je hebt zwart haar.'

'Ik ben in Amsterdam geboren,' zei ik.

'Ja wij ook.' De Marokkaanse broeders moesten hard lachen.

Naast Bas stond een jongen die een paars T-shirt droeg met een plaatje van Jezus aan het kruis en daaronder CHOOSE LIFE. Hij dronk een margarita. Zijn vriendin, strawberry margarita, had I KISSED MICHAEL JACKSON op haar T-shirt staan, met een foto van een baby.

Na drie slokken was mijn caipirinha een glas met ijsblokjes en platgestampte limoenen. Ik zei dat ik T-shirts wilde laten maken met JEWS DO IT BETTER erop. Daan en Bas zeiden niets, maar ik zag dat ze snel even naar elkaar keken. Daan heeft verkering met Esther, Bas met Annet.

Op een maandagochtend, het was in de vierde klas, kwam Esther naast me zitten. De les Nederlands ging zo beginnen. 'Ik heb het magnum opus van Mulisch uit,' vertelde ze. '*De ontdekking van de hemel*. Ik heb er het hele weekend over nagedacht. Het is zijn beste werk tot nu toe.' Esther was zestien. Annet zat ook bij ons in de klas.

Mijn theorie is dat je het aan de naam kunt zien.

Shakira, Lakisha of Tamika: goed.

Annet, Esther of Marijke: niet goed.

Annet en Esther waren om het hoekje, waar je op banken kunt zitten, een fles prosecco aan het leegdrinken.

Volgens Daan was Esther de aantrekkelijkste vrouw die nu in Chocolate aanwezig was. Ze heeft platte billen, dunne benen en wat jongetjes in Oud-Zuid denken dat grote borsten zijn.

Daan beschouwde zichzelf als een expert. Op school vroeg hij een keer aan de lerares Engels: 'Waarom draag jij een beha? Als je geen voeten hebt, draag je toch ook geen schoenen?'

Bas en Annet studeren Rechten aan de UvA. Naomi doet daar Psychologie. Daan is Economiestudent aan de VU, hij zegt dat hij miljonair gaat worden. Esther loopt in het AMC coschappen voor Geneeskunde.

Bas vroeg aan Esther hoe het ging op het AMC. Het ging uitstekend.

Annet vroeg aan Daan hoe het was op de VU. Goed.

Esther vroeg aan Bas hoe het bij Rechten ging. Ook goed.

Ik voelde dat ze niet mijn kant op keken. Dat zou pijnlijk zijn. Maar als ze net deden of ik er niet was, werd het ook pijnlijk.

Ik pakte mijn telefoon, alsof het ineens heel belangrijk was.

00.24 uur en 1 nieuw sms-bericht, stond er.

Van NAOMI, ontvangen om 23.51 uur:

WILDE EVEN ZEGGEN DAT IK AAN JE DENK. WELTERUSTEN ZO.

Ik stuurde terug:

OOK WELTERUSTEN. EN NIET TE VEEL DENKEN, MISSCHIEN.

Alle films van Halle Berry

De beroemde columnist vroeg waarom ik niet over Afrikaanse vrouwen mocht praten. Wat was er mis met allochtonen?

'Niets,' zei mijn moeder. 'We zijn zelf allochtonen.'

Mijn vader en mijn moeder hebben allebei grijs haar dat vroeger zwart was. Toen ik een keer aan mijn vader vertelde hoe het was om nu zwart haar te hebben, vroeg hij: 'Ik heb toch ook zwart haar?'

Ik zei: 'Vroeger ja.'

'Ja, vroeger,' zei mijn vader.

Vroeger waren er nog geen Marokkanen.

Een deel van de roem van de beroemde columnist was gebaseerd op zijn status als vriend van Ayaan. Ik wilde ook best een vriend van Ayaan zijn, maar dan op een andere manier. Hoewel, toch niet helemaal.

'Afrikaanse vrouwen hebben te harde gelaatstrekken,' zei ik. 'Ze moet wel donker zijn, maar zo gemixt dat haar gezicht toegankelijk blijft.'

De beroemde columnist beweerde dat hij het snapte. Later op de avond, zijn echtgenote was even naar het toilet, fluisterde hij in mijn oor: 'Ik zou het wel met een Afrikaanse jongedame willen proberen.'

Ik speelde met de dvd-hoes van de laatste film van Meryl Streep. Het was de hobby van mijn vader om alle films van Meryl Streep te verzamelen. Hij was een fan.

De hobby van de beroemde columnist was om alle

films van Halle Berry te verzamelen. De meeste films waar Halle Berry in speelt zijn niet zo goed. Zijn vrouw zou achterdochtig worden als hij ze beneden bij hun reguliere dvd-collectie neerzette. Daarom verstopte hij ze boven, in een kast op zijn werkkamer. Zijn favoriete Halle Berry-films heetten *Swordfish* en *Monster's Ball.*

Ik probeerde duidelijk te maken dat Halle Berry niet een echte negerin is. Ze werd grootgebracht door haar blanke alleenstaande moeder, ze gedraagt zich wit.

'Voor mijn generatie is die exotica niet weggelegd,' zei de beroemde columnist. Bij het begin van de Surinaamse immigratie naar Nederland was hij bijna dertig. Hij herinnerde zich de eerste keer dat hij een neger zag. Het was het begin van een analyse die een kwartier duurde, over hoe de jaren zestig overgingen in de jaren zeventig.

Mijn moeder was door mijn vader naar de keuken gestuurd om te kijken of alles goed ging met het vlees. Mijn vader en zijn zogenaamde vrienden geven mijn moeder altijd het gevoel dat ze slimmer zijn dan zij, en dat wat zij vertelt niet interessant is. Na een paar glazen Chablis trekt ze zich daar niets van aan.

'Vroeger woonden de Robinsons aan de overkant.' Ze was terug uit de keuken. Meneer Robinson was een Afro-Amerikaan die bij Philips werkte. 'De familie Cassano, van het cateringbedrijf, dat zijn Italianen. We wonen tussen buitenlanders.'

De Chablis was bijna leeg. Mijn moeder pakte de fles en schonk haar eigen glas tot de rand vol. Ze vroeg, zodat iedereen het kon horen, wat er mis was met Naomi.

'Naomi Oudberg toch, de dochter van die orthodontist op de Koninginneweg?' vroeg de echtgenote van de hoofdredacteur van de kwaliteitskrant. 'Onze Jasper heeft daar zijn beugel gekregen.'

De beroemde columnist vroeg of ik het essay *The White Negro* kende. Een werk van Norman Mailer uit 1957, maar het bleef actueel. Over de witte man die zwart wil zijn. Het was de tijd van de Hipsters en Squares.

'Niets was hipper dan de zwarte man,' zei de beroemde columnist. 'Die is altijd hipper geweest dan de blanke man.' Hij sprak nog een paar minuten over andere werken van Norman Mailer.

Tot mijn vader het woord nam. Voordat zijn zogenaamde vrienden arriveerden, had mijn vader de eerste fles Chablis opengemaakt, gewoon van de boer in Frankrijk. 'Om vast een glaasje te drinken,' zei hij. Mijn moeder en ik hadden allebei één glas genomen en toen was de fles ineens leeg.

'We kunnen het net zo goed meteen vertellen,' zei hij. 'Je moeder en ik hebben een beslissing genomen.'

'Misschien moeten we het hier niet over hebben waar andere mensen bij zijn,' probeerde mijn moeder.

'Nee nee, Michaël, ga door,' riep de beroemde columnist. 'Dit is een interessante kwestie.'

'Ga maar door,' zei ik. 'Nu kun je moeilijk ophouden.'

'Je moeder en ik willen dat je met dokter Bornstein gaat praten,' kondigde mijn vader aan. 'Je bent... eh. Je bent –.' Hij stopte, om een slok Chablis te nemen. 'Je bent zoekende. Dat is het woord.'

'Je hebt problemen met vrouwen,' zei mijn moeder.

'Hij zal niet met je praten als een patiënt,' beloofde mijn vader. 'Gewoon praten, als vrienden.'

'Dokter Bornstein is verstandig,' vond mijn moeder. 'Hij weet veel. Het is een vriendendienst.'

Ze liep naar de keuken om het hoofdgerecht te halen, een rosbief van de diervriendelijke slager, met aardappelgratin en witlof met kaas en koosjere ham eromheen.

Naomi, we moeten praten

Het was de eerste dag van de middelbare school. Daan zat naast me bij de eerste les, Latijn. Hij vroeg: 'Die Naomi, is dat familie van jou?' Ze leek op mij. Hij vond dat ze er lekker uitzag. Niet dat hij daarmee wilde zeggen dat ik er ook lekker uitzag.

Naomi droeg dezelfde soort kleren als ik, ze praatte op dezelfde Oud-Zuid-manier als ik, en ze had dezelfde donkere krulletjes als ik. Die van haar waren donkerbruin.

Ze woonde in mijn buurt, in een groot huis in de Valeriusstraat. Naomi was de zogenaamde joodse prinses. Ze was nogal verwend. Ik vond het niet erg, zelf was ik ook nogal verwend.

Toen Latijn was afgelopen liepen we over de gang naar het biologielokaal. 'Ik ben David,' zei ik.

'Dat weet ik,' zei Naomi. 'Je naam werd net voorgelezen. Daarenboven, mijn moeder kent jouw moeder.'

We waren twaalf en Naomi gebruikte het woord daarenboven. 'Mijn moeder werkt bij het architectenkantoor om de hoek bij jullie huis. Volgens mij kent mijn vader jouw moeder ook. Hij is orthodontist aan de Koninginneweg.'

Bij biologie zat ik naast Naomi. 'Wat is er mis met die leraar?' vroeg ze. 'Hij lijkt net een aap.' Vanaf dat moment was ze mijn vriendinnetje.

Op de middelbare school deden we alles samen. Samen huiswerk maken, samen stiekem softdrugssigaretten blowen uit het raam, samen op vakantie naar het tweede huis van haar ouders aan het Meer van Genève – de dingen die alle middelbare scholieren doen.

Op school noemde iedereen ons 'Davidennaomi'. Wanneer de leraar de uitslag van een proefwerk voorlas, kwam Naomi's cijfer eerder aan de beurt dan dat van mij. Zij heet Oudberg en ik heet Samuels. Als ik hoorde dat Naomi een hoog cijfer had, wist ik dat ik het proefwerk goed had gemaakt.

Op mijn eenentwintigste verjaardag waren Naomi en haar ouders uitgenodigd om bij ons te komen eten. Mijn moeder schonk de vissoep in de soepkommen (Limoges), mijn vader schonk de Piper Heidsieck in de champagneglazen (Blokker, maar dan wel die in de Beethovenstraat).

'Ik heb gelezen dat afgelopen jaar uitzonderlijk goed was voor de champagne-oogst,' zei de vader van Naomi. Zijn vrouw moest hem daaraan herinneren, de volgende keer dat ze in de buurt van Reims waren.

Mijn vader bracht een toast uit. 'David, op je verjaardag. Je moeder en ik hopen dat je dit jaar eindelijk een keuze maakt over je studie. En dat je net zo beroemd wordt als je ouwe vader. O ja, en als je tijd hebt, dat je met Naomi trouwt en ons allemaal snel wat kleinkinderen geeft. Santé!'

Een paar weken later liep ik met Naomi door de P.C. Hooftstraat. Ze had bij Shoebaloo nieuwe schoenen gekocht van Marc Jacobs, afgeprijsd van 400 tot 275 euro. Het waren zwarte schoenen met aan de onderkant een rood randje.

Terwijl ze ze paste vroeg Naomi: 'Zien mijn billen er

dik uit met deze schoenen?' Altijd als ze een kledingstuk paste dat niets te maken had met haar billen, maakte ze dezelfde grap. De grootste nachtmerrie van Naomi was dat haar billen er te dik uit zouden zien.

Voor Shoebaloo liepen twee provincialen, met sandalen aan en sokken eronder. Ze waren naar de grote stad gekomen om te zien hoe het was, daar bij ons in de buurt. Je ziet ze in het buitenland, maakt niet uit hoe ver weg het is, en je weet meteen: kaaskoppen. Het is een gezichtsuitdrukking, het is lichaamstaal, het is een kledingstijl die zich laat omschrijven als 'lekker makkelijk'.

Naomi keek me aan, ze hoefde niets te zeggen. Zij wist wat ik dacht en ik wist wat zij dacht. Ze hoefde haar mond niet open te doen, want ik wist wat ze zou zeggen. Ze hoefde me niet te vertellen waarom ze was zoals ze was. Zoals zij was, zo was ik ook.

Bij de winkel van Oger vroeg Naomi: 'Hé Oger. Had ik je al verteld dat hij een goede vriend is van mijn vader?' Natuurlijk had ze dat al verteld.

Ik zei: 'Naomi, we moeten praten.'

Wat is de bounty?

Het was de eerste bijeenkomst met dokter Bornstein. Ik kende hem al, hij is een zogenaamde vriend van de familie. In zijn praktijk was ik nooit geweest.

Hij zei: 'Je ouders hebben gevraagd of ik met je wil praten.' Dokter Bornstein droeg een zwarte bril en een donkerbruin pak met een lichtblauw overhemd. 'Waarom denk jij dat ze dat hebben gevraagd?'

Zijn praktijk is in Amsterdam-Buitenveldert. De vloer is bedekt met Perzisch tapijt, de muren met boekenkasten. De meeste joden in Buitenveldert zijn textieljoden. Dat betekent dat ze van het type jood zijn dat in een grote Duitse auto rijdt, in een vrijstaande witte bungalow woont, en spijkerbroeken draagt van Armani Jeans of Calvin Klein.

Dokter Bornstein is geen textieljood, maar een intellectuele jood, uit Oud-Zuid, achter het Concertgebouw. Het is niet ver van Buitenveldert. Toch wonen er andere joden. In Oud-Zuid lezen ze ingewikkelde boeken, rijden ze in kleinere Zweedse auto's en zijn ze niet geobsedeerd door geld, maar door de meaning of life. Textieljoden zijn babbelaars en regelaars. Intellectuele joden zijn wereldvreemd en onhandig.

Tussen Buitenveldert en Oud-Zuid ligt Nieuw-Zuid. Daar wonen de geldjoden en de intellectuele joden naast elkaar. Niet dat de intellectuele joden geen geld hebben. Ze vinden het alleen niet beschaafd om er de hele dag over te praten.

De grens tussen Nieuw-Zuid en Oud-Zuid wordt gevormd door een boulevard die de Apollolaan heet. De Apollolaan is nog van de geldjoden. Na deze Berlijnse Muur begint het territorium van de intellectuele joden. Ze kijken diep neer op de textieljoden.

'Ik wil een echte negerin,' zei ik. 'Een die nog nooit met een blanke man heeft gepraat. De bounty moet ik niet.'

'Wat is de bounty?' Dokter Bornstein kijkt je altijd aan alsof hij precies weet wat je op dat moment denkt. Hij probeert met van die slimme, inzichtelijke opmerkingen te komen.

Een paar jaar eerder organiseerden mijn ouders een tuinfeest omdat ik mijn middelbareschooldiploma had gehaald. Dokter Bornstein stond in de tuin en hield een glas Piper Heidsieck omhoog.

'Wellicht denk je dat je klaar bent.' Ik moest samen met hem mijn glas omhoog houden. 'Maar nu begint het leven pas echt. De universiteit, dat is waar het gebeurt, mijn jongen.'

Mijn jongen, wie zegt dat nou? Ik wilde niet naar dokter Bornstein, maar ik had geen keuze. Terwijl ik me oriënteerde op de juiste studierichting boden mijn ouders wat financiële ondersteuning. Het kwam erop neer dat ze alles betaalden.

Met de bounty wordt iemand bedoeld die zwart is van buiten, maar wit vanbinnen. In Amerika noemen ze het de *oreo*. Naar de koekjes.

Dokter Bornstein maakte een notitie op een blocnote.

Ik vroeg of hij de uitdrukking *ghetto fabulous* kende. Die kwam ook uit Amerika.

Dokter Bornstein schudde zijn hoofd.

Vrouwen die ghetto fabulous zijn doen niet mee aan het schoonheidsideaal van de blanke maatschappij. Mannen willen grote borsten en een dikke bil. Vrouwen die ghetto fabulous zijn begrijpen dat. Ze dragen strakke felgekleurde kleding en versieren zichzelf met gouden sieraden.

Dokter Bornstein zwaaide met zijn handen, om te laten zien dat het genoeg was. Hij wist wat ik bedoelde.

Een weekendje naar Zwitserland

Het geheim van de MSN is dus dat het erop moet lijken dat je niet de hele dag achter de MSN zit. Je moet niet trouw op je post zitten wachten.

Het was vrijdagavond. Mijn moeder had eendenbout voor me gehaald, met rode kool en knolselderijpuree, bij Van Dam in de Cornelis Schuytstraat. Ik at het op achter de computer. Onder aan het scherm logde Naomi in op de MSN. Haar fotootje was nog steeds die ene in bikini, die ik heb genomen op het dakterras bij haar ouders.

Meestal duurt het niet langer dan twee minuten totdat Naomi me MSN't. Ze wil niet te gretig lijken.

Naomi86 zegt:
hoi

Ik wachtte een minuut voordat ik antwoordde.

David zegt:
hallo daar
Naomi86 zegt:
alles goed?
David zegt:
alles onder controle, en met jou?
Naomi86 zegt:
prima
Naomi86 zegt:
ga je doen vanavond?
David zegt:

weet nog niet?
Naomi86 zegt:
zin om langs te komen?
Naomi86 zegt:
ik ben alleen thuis
Naomi86 zegt:
even een dvd-tje kijken?
Naomi86 zegt:
ik heb de nieuwe Woody Allen

Een jaar geleden hadden we op het bed gezeten in Naomi's kamer bij haar ouders. Het was het bed waarop we allebei, terwijl haar ouders een weekendje naar Zwitserland waren, onze maagdelijkheid hadden verloren, vijf jaar eerder.

Ze vroeg waarom alles was veranderd. Vroeger ging het goed, nu niet meer, en ze wist niet waarom.

Ik wist het ook niet precies. Ik had een vermoeden waarom het was, maar ik schatte in dat Naomi daar niets over wilde horen. Zou ze willen dat ik had gezegd: 'Ik word niet opgewonden van je. Je borsten zijn te klein, je bil ook. En je bent blank.'

Of dat ik had gezegd: 'Ik weet dat ik altijd op je kan rekenen, je bent niet spannend.'

In het echt had ik dit gezegd: 'Ik heb het gevoel dat ik meer moet meemaken.' Ik ging rechtop in bed zitten. 'Ik ben niet klaar voor de grote commitment.'

Over de wang van Naomi biggelde een traan, ik moest ook een beetje huilen. Naomi was de enige vrouw met wie ik was geweest, ik had haar nooit bedrogen. Onze verkering was onbedorven. Wanneer mensen elkaar lang kennen, gaan ze niet zomaar uit elkaar. Dat duurt maanden. Bij Naomi en mij was dat ook het geval.

Nadat ik een paar minuten niet had gereageerd, begon ze weer.

Naomi86 zegt:
hallo hallo?
Naomi86 zegt:
ben je daar nog?
David zegt:
ja ja
David zegt:
was ff aan de telefoon

Bas logde in.

David zegt:
he man
Bas zegt:
alles goed?
David zegt:
zeker zeker
Bas zegt:
grote plannen?
David zegt:
nog niet
Bas zegt:
kom hier dan
David zegt:
wat is daar?
Bas zegt:
verjaardag van m'n vader vanavond
Bas zegt:
acht dozen Piper Heidsieck
David zegt:

zie je zo

Bas logde uit.

David zegt:
ik moet gaan
Naomi86 zegt:
waar dan?
David zegt:
feest bij de vader van Bas
David zegt:
later
Naomi86 zegt:
ok wat jij wil
Naomi86 zegt:
later
David zegt:
vaarwel

Eerst moest ik me scheren, dat had ik anderhalve dag niet gedaan. Als ik ergens verschijn met zwarte haren op mijn gezicht denken mensen helemaal dat ik een Marokkaan ben. Soms is dat een voordeel – wanneer ik wil dat ze op straat bang voor me zijn, of als ik wil dat er in de tram niemand naast me komt zitten, hoe druk het ook is, of wanneer ik wil dat ze me behandelen als een zak vuilnis die ze het liefst meteen het land uit zouden kieperen – maar meestal is het een nadeel.

Miriam, met een i

Dertig jaar geleden was de Bijlmermeer gebouwd als een wijk voor jonge blanke gezinnen. Nu woonden er Surinamers en Antillianen en Afrikanen. Met de auto was het vanaf mijn huis een kwartier rijden. Ik ging met de metro.

Ze stapte in bij halte Van der Madeweg. Er waren geen zitplaatsen meer, dus ze stond naast me. Ik leunde tegen de wand bij de deur, ze stond zo dichtbij dat ze door de koptelefoon heen kon horen welke muziek ik draaide op mijn iPod.

Ik had er nieuwe liedjes op gezet. Het waren bijna alleen maar zwarte liedjes, van Donell Jones, Tupac en Jaguar Wright. Maar ook een paar witte liedjes, van André Hazes. Ik bleef een Amsterdammer.

Omdat ik 'shuffle songs' had gedaan werden alle liedjes door elkaar afgespeeld. Bij het begin van een liedje van André Hazes dacht ik: gaat zij nu denken dat ik te wit ben? Op de iPod zocht ik naar het beste liedje om door de koptelefoon heen te laten horen. Ik zette Anthony Hamilton aan, dan kon ze zien dat ik niet zomaar naar zwarte muziek luisterde. Ik was een kenner.

Ze keek uit het raam. We waren bij halte Bijlmer. Daar wilde ik eruit gaan, maar ik bleef nog even. De muziek ging op pauze.

'Dag schoonheid,' zei ik. 'Ik ben David. Wie ben jij?'

'Ik heet Miriam.' Ze bleef uit het raam kijken. 'Met twee keer i, niet met een j.' Als ze zoveel aandacht had voor hoe haar naam werd gespeld, was ze een intellectueel.

Ze moest eruit bij Holendrecht. Ik stapte ook uit. Naast Miriam liep ik over het perron. Het waaide en het regende. Ze hield allebei haar handen op haar hoofd, zodat haar haar niet nat werd.

Ik vroeg wat ze vond van de muziek die ik draaide op mijn iPod.

Miriam had geen muziek gehoord.

Ik vroeg waar ze heen ging.

'Naar huis. Ik ben moe.'

Ik vroeg of ik mee mocht.

Miriam vroeg of ik gek was geworden. Ze pakte haar telefoon. 'Als je naast me blijft lopen, bel ik 112.'

Davids dagboek:
De Sherida-ketting

Op de huwelijksmarkt van de witte man voor de zwarte vrouw vallen drie verschijningsvormen waar te nemen.

De eerste categorie is de bounty. De bounty-vrouw kiest per definitie voor de blanke man. Ze heeft uitgerekend dat het beter voor haar is om met een witte man te zijn. De bounty denkt dat de blanke man iedere dag naar zijn werk gaat en dat hij haar niet zal bedriegen. Ze heeft een goede baan, waar ze samenwerkt met allemaal Hollanders. De bounty wordt dagelijks benaderd door zwarte mannen. Die lacht ze uit. Ze vindt zwarte mannen banaal en beneden haar niveau. De bounty hangt racistische praatjes op over haar zwarte broeders. De bounty is volkomen oninteressant.

De tweede categorie heet de switch-hitter. De switch-hitter gaat beide kanten op: zwart en wit. Ze denkt niet in termen van ras, de switch-hitter kiest voor wie ze leuk vindt. Ze heeft een gemengde vriendenkring. Met de juiste switch-hitter, die niet is verpest door te veel omgang met de blanke man en zich gedraagt als de negerin zoals de negerin bedoeld is, bestaan er mogelijkheden. Als ze te veel aan blanke mannen is blootgesteld, raakt ze besmet en wordt ze te saai.

De derde categorie is de Sherida-ketting. Om haar nek draagt ze een gouden ketting, waaraan in gouden krulletters de naam Sherida hangt. Ze woont in een zwarte wijk en gaat uitsluitend om met zwarte mensen. Het komt voor dat ze Surinaamse ouders heeft, of Antilliaanse, en haar hele leven in Nederland woont, maar volledig buiten de Hollandse samenleving existeert. Voor de blanke man is het vrijwel onmogelijk om kennis te krijgen aan de Sherida-ketting.

Ik zoek de Sherida-ketting die toch een intellectueel is. De intellectuele negerin. Dit is het probleem: zodra ze een intellectueel wordt, degradeert de Sherida-ketting automatisch naar de switch-hitter of, erger nog, naar de bounty. Dan is ze geen echte negerin meer.

Persoonlijke informatie

Op het Barlaeus zat één neger: Reginaldo. Net zoals er één jongen was die met een Amsterdams accent praatte. Hoe Reginaldo op het gymnasium terecht was gekomen, wist niemand. Iedereen was verbaasd over hoe lang hij het volhield. Hij haalde zelfs het eindexamen. Respect. Reginaldo was geen bounty, hij was een echte neger. Als enige leerling kwam hij uit Amsterdam-West. De gymnasiasten waren een beetje bang voor hem.

Toen ik hem belde, vroeg Reginaldo: 'Hoe kom je aan dit nummer?'

'Ik wilde even checken hoe het nou met je ging.'

'Je wilde even checken hoe het nou met me ging?'

'Eh... ja. Is dat zo gek?'

'Niet gek,' zei Reginaldo. 'Vreemd. Ja toch?'

Ik vroeg: 'Jij gaat toch weleens naar de negerinnendisco? Ik zoek een smatje. De bounty moet ik niet.'

'De bounty moet je niet, je zoekt een smatje uit de negerinnendisco? En dan ga je mij bellen?'

'Eh... ja?'

'Wat wil je dat ik doe?'

'Ik wil met je mee, als je uitgaat.'

Daar was Reginaldo stil van. Toen zei hij: 'Rol vrijdag maar met me. Elf uur, Three Sisters op het Rembrandtplein.'

Daan en ik zaten op bruine leren stoelen in een nep-bibliotheek vol nep-boekenkasten met nep-boeken erin.

Het was vrijdagavond, tien uur. Niemand wist waarom, maar in café Three Sisters hadden ze een bibliotheek nagebouwd.

Om ons heen zaten Amsterdamse toffe gasten bier te drinken. Ze hadden vrouwen bij zich die geblondeerd waren, of roodgeverfd, en gouden kettingen om hun nek droegen waaraan in sierlijke gouden krulletters de naam Mariska hing, of Ilonka of Anita.

Volgens Daan waren dat dezelfde kettingen als die waaraan de naam Sherida hing.

Ik vroeg of hij het verschil niet zag.

'Nee, gekkenhuis,' zei Daan. Het waren dezelfde kettingen en dezelfde soort wijven. Ze woonden in dezelfde buitenwijken, ze hadden op dezelfde ambachtsscholen gezeten en ze hadden dezelfde lullige baantjes. 'Het enige verschil is dat jij in je hoofd hebt gehaald dat je een negerin moet hebben. Waar zijn die negerinnen dan?'

'Ze komen zo, denk ik.' Ik mompelde. 'Reginaldo komt pas om elf uur.'

'Tuurlijk, elf uur.' Daan lachte. 'Als Reginaldo zegt dat-ie er om elf uur is, dan komt hij om elf uur. Three Sisters. Op het Rembrandtplein. Waar neem je me mee naartoe man?' Hij legde vijf euro op tafel en liep weg.

Ik zei: 'Bedankt voor de gezelligheid.'

Het was de hobby van Daan om prostituees te bezoeken. Hij zei dat zij dingen deden die Esther niet wilde doen. Een paar maanden eerder waren we in Café Cuba op de Nieuwmarkt, om margarita's te drinken.

Daan had er zes gedronken toen hij zei: 'Dat is persoonlijke informatie.'

Ik had gevraagd wat voor dingen dat waren, die Esther niet wilde doen.

Daan maakte bekend dat we genoeg hadden gedronken, nu ging hij naar de hoeren. Ik moest blijven wachten, over twintig minuten zou hij terug zijn. Hij bezoekt altijd het Oudekerksplein, achter de Nieuwmarkt. Daar zitten Afrikaanse prostituees.

Davids dagboek:
De negerinnendisco

Dus er zijn een paar complicaties voor de blanke man uit Oud-Zuid die de negerinnendisco zoekt.

Niemand van je vrienden wil meegaan. Ze vallen niet op negerinnen, ze zijn bang voor negers en denken dat ze 'geript' zullen worden. Een neger die in zijn eentje naar de negerinnendisco komt – dat kan. Een blanke man die in zijn eentje komt, dat moet een undercover politieagent zijn, of op z'n minst een gevaarlijke gek. Geen negerin wil met hem praten. De negerin in de negerinnendisco wil een neger, anders zou ze wel ergens anders heen gaan. Toch is dit de enige plek waar ze te vinden is. In witte discotheken komt ze niet, tenzij ze een bounty is.

Je weet niet waar de negerinnendisco's zich bevinden. Dat komt ook doordat er niet veel van bestaan. In Amsterdam zijn niet meer dan vijf uitgaansgelegenheden waar niet-witte mensen komen. Dat is wonderlijk voor een stad van een miljoen inwoners, waar de helft van de jonge bewoners niet blank is. Na lang onderzoek breng je er een paar in kaart. Dan komt de volgende complicatie: de echte negerin vindt negerinnendisco's te mainstream. Ze bezoekt georganiseerde besloten feesten in delen van de stad waar jij nooit komt, zoals Amsterdam-Noord. Feesten die zo obscuur zijn dat jij nooit zult weten waar en wanneer ze worden gehouden.

Afgezien van haar woonplaats deelt de bezoekster van de negerinnendisco niets met jou. Ze gaat naar een andere school, ze heeft ander werk, ze praat anders, ze heeft andere plannen met haar leven en ze brengt haar vrije tijd op een andere manier door. Op een paar kilometer van jouw huis leeft ze in een andere wereld. Het is bijna onmogelijk om met haar te praten zonder dat het ongemakkelijk wordt, en pijnlijk.

Je weet dat zij zich afvraagt: wat doet hij hier? Daar moet je niet te diep over nadenken, anders ga je jezelf de vraag stellen: wat doe ik in de negerinnendisco?

In de bil

Reginaldo had een vriend bij zich. Clyde en hij waren de enige zwarte mannen die Internationaal Management studeerden aan de HES in Amsterdam. Het hoofd van Clyde was kaalgeschoren. Onder een blauw Hugo Boss-jasje had hij een wit onderhemd, zo een zonder mouwen. Hij pakte me vast en hield zijn gezicht dicht bij dat van mij. 'Je weet dat we dit alleen voor jou doen?' vroeg hij. Het was kwart voor twaalf, de eerste zwarte vrouwen arriveerden in Three Sisters. Ze stopten niet bij de bar, maar gingen direct door naar de dansvloer, helemaal achterin.

'Ik moet geen zwarte vrouwen,' maakte Clyde bekend. 'Ik kan blonde chickies krijgen. Als ik met een Surinaamse meid binnenkom, lachen mijn matties me uit. Ik kan beter met mijn zus komen, of met mijn moeder.'

Het oordeel van Reginaldo luidde: 'Een moksi meti is goed. Het moet geen zwarte Afrikaan zijn.'

'Ik hou van zo donker mogelijk,' zei ik. 'Hoe donkerder ze is, hoe dichter ze bij de natuur staat.'

Het was niet duidelijk of Clyde en Reginaldo me uitlachten of toelachten.

'Anyway.' Reginaldo ging iets serieus vertellen. 'In Three Sisters komen geen vrouwen die jij zoekt. Dit is een Hollandse tent. Hier willen ze een bakra.'

'Nee nee.' Ik praatte te hard, mijn stem klonk te hoog. 'Ze moet nooit met een bakra zijn geweest. Ik wil de eerste zijn die de poort openbreekt.'

Clyde en Reginaldo keken elkaar snel even aan. 'Bij het Leidseplein zijn Caprice en Easy Times,' zei Reginaldo. 'Ragga-muziek, blowerswijven. Die zoeken een dreadlock-man. Radicale negerinnen, Malcolm X-stijl. Caprice is geen plek voor een gymnasiastje.'

'Een gymnasiastje?' Clyde moest lachen. 'Daar worden chickies helemaal gek van.'

Reginaldo nam een slok. Malibu met ananassap. 'Op de Wallen heb je die Dominicaanse tenten, Bugatti en Bermuda. Bachata-muziek. Je wil geen puta, toch?'

'Nee nee,' zei ik. 'Ik wil geen puta. Ik zoek een intellectuele negerin.'

Ze keken elkaar weer snel aan.

'We gaan naar de Bijlmer,' besloot Reginaldo. 'Daar is een kabula party.'

Het was belangrijk om koel te blijven. Net zo koel als Reginaldo en Clyde bleven. Ik kon niet koel blijven. Dit was een emotioneel moment. We stonden in de rij voor de ingang van de Bijlmer Sporthal.

Dit was de eerste die ik zag: twee gouden voortanden, een spectaculair brutale fuck you-blik in de ogen, een zilverkleurige Samsung E800-mobiele telefoon in haar – ik dacht – cup 90E-decolleté.

De tweede zag er zo uit: een bil die zo ver naar achteren stak dat-ie bijna uit de tijgerprint-stretchbroek knalde, met een paarse string erbovenuit. Reginaldo wees naar de string. 'In de bil,' zei hij.

De derde had kort geblondeerd haar dat op haar hoofd zat geplakt, met daarin een donkerbruine nep-Gucci-zonnebril, lange donkerpaarse opplaknagels, en een zilveren puntvormige piercing onder de onderlip.

De Bijlmer Sporthal was afgebroken, alleen de kantine

stond er nog. Het leek alsof op de andere helft van het gebouw een bom was gevallen. De Bijlmer is niet een buurt waar aan bestemmingsplannen wordt gedaan om openbare feestruimtes te bouwen voor de bewoners. Dan zijn de mensen blij met de kantine van een afgebroken sporthal.

Filet mignon

In de straat waar de ouders van Bas wonen, stonden meer jeeps dan normaal. Iedere karakteracteur in de betere Nederlandse speelfilm rijdt in een jeep. De Saab 9-3 Cabriolet die eigenlijk van mijn moeder was, maar waar ik in rondreed, moest ik om de hoek neerzetten. De ouders van Bas woonden in zo'n huis van drie verdiepingen in de Van Eeghenstraat.

De achtertuin, die aan het Vondelpark grensde, stond vol zogenaamde vrienden van de vader van Bas. Ze dronken champagne en aten toastjes met gerookte zalm. Alleen maar nette mensen.

De moeder van Bas was vroeg begonnen met champagne drinken, dus ze moest me aan iedereen voorstellen. De karakteracteur die in geen jaren meer een karakterrol had gespeeld stond er verlaten bij.

'Dit is David, de beste vriend van Bas. Hij woont om de hoek.' De moeder van Bas liep weg, op zoek naar een nieuwe fles. Ik bleef achter met de karakteracteur.

De werkloze karakteracteur keek naar mij en ik keek naar hem. Ik weet nooit zo goed wat ik moet zeggen tegen de mensen. Hij bleef ook stil.

Uiteindelijk vroeg de werkloze karakteracteur: 'Waar kom je vandaan? Ben je geadopteerd?'

Die vraag stellen ze vaker. Ik zei dat mijn vader en moeder, voor zover ik wist, mijn biologische ouders waren en dat ik uit Amsterdam kwam.

Hij vroeg: 'Ja, maar waar kom je echt vandaan?'

Dat is meestal de volgende vraag. Hollanders zijn niet zo van de discretie, of van het bedenken dat je over sommige onderwerpen misschien niet zomaar vragen moet stellen.

Goeie vraag: waar kom je echt vandaan? Kom je echt uit Nederland, omdat je ouders daar toevallig terecht zijn gekomen na de grote diaspora, ze konden net zo goed naar België gaan, of Frankrijk of Engeland, was je dan echt uit Engeland gekomen, en als je uit Amsterdam Oud-Zuid komt, hoor je dan bij de mensen die daar wonen, of hoor je bij de mensen die ze allochtonen noemen omdat iedereen denkt dat je er een bent, en wanneer een Marokkaan, of een Surinamer, vraagt waar je vandaan komt is het uit interesse, maar als een Hollander het vraagt, wil hij weten of jij een van de mensen bent die weg moeten want vol = vol, dus ben je meer op je gemak bij de mensen die ze allochtonen noemen, maar niet helemaal want je blijft een Hollander die is opgegroeid tussen alleen maar blanke kinderen en – stop.

Ik had geen antwoord gegeven op de vraag van de werkloze karakteracteur. Hij stond me nog steeds aan te kijken. Na twee minuten zwijgen vond ik dat het goed fatsoen was om weg te lopen.

De kamer van Bas was op de derde verdieping. Bas en Daan waren er, met Esther en Annet, en met wat jongens die ik niet kende. Waarschijnlijk zogenaamde vrienden van Bas, van de universiteit. Bas zat een joint te roken.

Van beneden had ik een fles Piper Heidsieck meegenomen. De kurk knalde ik uit het raam. Ik kon niet zien of-ie op het dak van een jeep terechtkwam.

Esther vroeg: 'Waar is Naomi?'

Ik zei niets, ik vroeg alleen: 'Waarom zijn hier geen negerinnen?'

Daan dronk whisky uit een klein flesje, zoals ze in het vliegtuig hebben of in de minibar van een hotelkamer. Thuis had hij een collectie met honderden flesjes. Die noemde hij: 'Mijn eigen minibar, op maximaal niveau'. Hij vertelde over de nieuwe auto van zijn vader, een BMW uit de 5-serie. Het ging over de vraag waarom het tegenwoordig geaccepteerd was dat joden in Duitse auto's rijden.

Bas gaf de joint aan een van zijn studentenvrienden. 'Wat zei je over negerinnen?' vroeg hij. Zijn ogen waren rood. 'Daar had je het laatst ook over.'

'Waarom zou je een negerin nemen als je een blanke vrouw kunt krijgen?' riep Daan. 'Ik eet iedere dag filet mignon, waarom zou ik frikadellen vreten? Ik ga mijn lul toch niet in een vuilnisbak stoppen? En wat als je kinderen krijgt? Dan zit je met een kansloze koffieboon.'

'Daan.' Ik deed alsof ik zuchtte.

'Even stil als de grote mensen praten.' Daan deed een wijsvinger over zijn lippen. 'Waarom zijn wij van Europa naar Afrika gegaan om slaven te halen? Waarom was het niet andersom? Waarom hebben wij het buskruit uitgevonden? Ze waren onze slaven. Wat zegt dat over ons en over de negro's?'

Een van de studentenvrienden van Bas heette Matthijs. Hij kwam een nieuwe joint brengen aan Bas. Matthijs had een vriend die een neger was. Hij was even stil, om te zien of iedereen luisterde. 'Hij heet Jermaine.' De studenten moesten lachen om de naam Jermaine.

'Jermaine is een Surinamer, of een Antilliaan,' vertelde Matthijs. 'Maakt ook niet uit. Hij had zes vriendinnen. Jermaine was zoveel tijd kwijt aan al die vrouwen dat hij nooit op zijn werk kwam. Daarom kunnen negers niet werken. Ze hebben er geen tijd voor.'

De studentenvrienden van Bas haalden uit een grote plastic zak een paar xtc-pillen, met een Mickey Mouse-plaatje erop. Daan stak een halfje in zijn mond, hij gaf mij de andere helft. Dit was tegen zijn regels. Sinds iedereen het deed, wilde Daan geen xtc meer nemen. Cocaïne was ook uit, dat was voor boeren.

Kabula party

Ze was de eerste die ik buiten had gezien. Met Reginaldo en Clyde stond ik voor de deur van de Bijlmer Sporthal.

Ze kwam onze kant op.

Ik keek.

Zij keek.

Ze liep voorbij en ze keek nog een keer.

Haar non-verbale communicatie maakte duidelijk: kom me dan halen, als je durft. Ze maakte ook duidelijk: als jij iets doet wat mij niet bevalt, then I'll fuck you up. Ik had nooit iemand zo opwindend non-verbaal zien communiceren.

Na een halfuur zag ik haar weer. Twee gouden voortanden, twee benen die zo groot waren dat ze bijna niet in een strakke lichtblauwe spijkerbroek pasten, en een zilverkleurige Samsung E800-telefoon in haar decolleté. Op die telefoon zaten allemaal krassen. De Samsung E800 was drie jaar geleden een flitsend nieuw model, nu zag je er bijna niemand mee. Ze was donkerbruin.

Op een klein podium met veel mensen erop werd kabula-muziek gespeeld door Avion Boyz. Kabula is een moderne versie van kaseko. Ze horen allebei bij de bigi poku-school. Kabula is meer voor de jongeren.

Het was druk en warm en iedereen moest zweten. De tafels en stoelen waren van donkerbruin hout, op de vloer lagen witte tegels en aan de muur hingen Afrikaanse schilderijen. Op een kabula party komen veel bosnegers. Boslandcreolen vluchtten naar het binnenland van Suriname omdat ze geen slaven meer wilden zijn.

Ze stond naast het podium. Haar vriendin was gaan dansen. Ik keek naar haar, Reginaldo keek naar mij, ik keek weer naar haar en Reginaldo keek nog steeds naar mij. Dit was het juiste moment. Ik wilde de stap maken. Echt. In mijn hoofd bleef ik smoesjes bedenken om niet te gaan.

Het moment was zo perfect dat het afgezaagd was om juist nu naar haar toe te gaan.

Wat als ze me in m'n gezicht uitlachte omdat ze echt niet ging praten met een blanke man?

Wat als ze haar vriendinnen erbij riep, zodat ze me met z'n allen konden uitlachen? De muziek werd stopgezet en de dj kondigde aan dat die jongen daar – ja hij daar, jullie hadden 'm allemaal al gezien, de enige bakra die hier rondloopt – dacht dat-ie een kans maakte bij deze vrouw.

Soms zijn er belangrijke momenten in je leven. Momenten waarop je moet doen, en niet nadenken.

Soms moet je zeggen: fuck it.

Soms moet je risico nemen.

Soms moet je ervoor gaan.

Soms moet je iemand bij je hebben die zegt: 'Ga dan, flikker.' En je zo hard in haar richting duwt dat je geen keuze meer hebt.

Ik stond naast de twee gouden tanden met de spectaculair brutale fuck you-blik. Ze keek naar me. Ik moest iets doen.

Nadat ze haar gouden tanden had laten zien, met ROW op de rechtervoortand en op de linkertand ANDA, vertelde Rowanda dat ze naar de kapper moest. Het was te lichtbruin, alles moest weer helemaal zwart worden.

De kabula-muziek was hard. 'Mijn opa wilde niet onderduiken,' riep ik in het oor van Rowanda. 'Niemand kon hem uit zijn huis krijgen.'

Ze droeg grote gouden ronde oorbellen. Even stopte ze een vinger in haar oor.

'Oma was niet joods, zij kon naar buiten. In 1943 kwamen de Duitsers mijn opa halen. Oma was niet thuis. Ze was zwanger van mijn vader, maar dat wist ze nog niet.'

Rowanda deed een zwarte haarband om.

'Mijn opa was verraden door de buren. Hij werd naar Auschwitz gebracht.'

Ze begon om zich heen te kijken.

'De buren van mijn opa waren de ouders van de mensen die nu mijn buren zijn. Of hun grootouders.'

'Ik wil morgen naar de kapper,' zei Rowanda. 'Dat bruin moet eruit.'

'Ik hou ook meer van zwart haar.' Ik deed alsof ik niet teleurgesteld was. 'Alleen mensen met zwart haar zijn te vertrouwen.'

Ik zwaaide naar Reginaldo. Hij moest erbij komen. Ik kon hem voorstellen aan een vrouw die net zo zwart was als hij, maar die hij niet kende en ik wel.

'Dit is Reginaldo,' zei ik tegen Rowanda.

Tegen Reginaldo zei ik: 'Dit is Rowanda.'

Ze gaf hem een hand. Reginaldo vroeg: 'Alles goed?' Hij praat niet met een Surinaams accent, het is meer een Amsterdams accent.

'Wat is dit?' Terwijl Rowanda lachte, hield ze een vuist voor haar mond. 'Je praat als een bakra. Wat ben je, een blaka bakra?'

Reginaldo liep meteen weg. Rowanda riep: 'Ik zal hem beschermen, blaka bakra.' Hij hoorde het niet meer.

De volgende dag belde Reginaldo. 'Daarom doe ik geen zwarte bitches,' zei hij. 'Hun mond is te groot.'

Ik werd opgewonden van een grote mond.

'Leuk voor je,' zei Reginaldo.

Een bizarre, ziekelijke fetisj

Ik knalde nog een Piper Heidsieck open. De kurk liet een gaatje achter in het plafond. 'Ik merkte dat ik op straat alleen naar zwarte vrouwen keek,' zei ik. 'Ze zijn beter dan blanke vrouwen. Er zit meer emotie bij.'

Esther had de fles leeggeschonken. Op de vloer stonden acht lege flessen. 'Denk je dat je beter bent dan Naomi?' Ze schreeuwde. 'Denk je dat jij geen kaaskop bent?'

'Dat zijn jouw woorden,' zei ik. 'Dat hoor je mij niet zeggen.'

'Hou even je mond,' riep Esther.

'Zwarte mensen stinken,' zei Daan. 'Ze ruiken naar gras en modder. Ze kunnen geen water betalen om onder de douche te gaan.'

'Dus jij zou nooit met Esther kunnen zijn?' vroeg Annet. 'Of met mij?'

'Omdat je denkt dat wij geen gevoel hebben?' Esther gilde. 'Wij zijn slechter?'

'Het is niets persoonlijks tegen jullie,' zei ik. 'En zeker niet tegen Naomi.'

Esther riep: 'Hou nou je mo-hond,'

'Jij zou het niet met Esther willen doen?' vroeg Daan. 'Iedereen wil het. Kijk hoe lekker ze eruit ziet.'

Wanneer Daan een vrouw ontmoette met wie hij seks wilde hebben, maakte hij het snel uit met Esther. Een paar dagen later zei hij tegen Esther dat het weer aan was. Op die manier maakte hij zichzelf wijs dat het geen vreemdgaan was.

Esther had haar glas omgegooid. Niemand ruimde het op. 'Het is een fetisj,' riep ze. Het ging nog steeds over mij. 'Een bizarre, ziekelijke fetisj.'

'Weet je wat ik denk?' vroeg Daan. 'Na Naomi heb je geprobeerd om andere vrouwen te krijgen. Het is niet gelukt. Voor een blonde vrouw moet je in de eredivisie spelen. Dat lukt jou niet. Een negerin wat kraaltjes en spiegeltjes geven en dan neukie neukie, zo kan ik het ook.'

'Wat jij wil,' zei ik. 'Het leven is geven en nemen.'

'Ik dacht dat het leven nemen en nemen was,' zei Daan.

De laatste fles Piper Heidsieck was leeg, het halfje Mickey Mouse werkte niet. Het was tijd om te gaan. Ik zei: 'Bedankt voor de gezelligheid.'

Om half drie keek ik thuis of er nieuwe e-mail was. Naomi begon met MSN-en.

Naomi86 zegt:
zo zo, nog steeds wakker?
David zegt:
ja ja
David zegt:
net terug van bas, was gezellig hoor
David zegt:
wat heb jij dan gedaan?
Naomi86 zegt:
niet zoveel
Naomi86 zegt:
beetje gechilld thuis
David zegt:
ok
David zegt:

weet je wat?
Naomi86 zegt:
zeg maar
David zegt:
nee laat maar
Naomi86 zegt:
nee zeg dan
David zegt:
nee ik praat dronken
Naomi86 zegt:
ja nu moet moet je het zeggen ook
David zegt:
weet je
Naomi86 zegt:
ja?
David zegt:
soms mis ik je best
Naomi86 zegt:
ik jou ook
David zegt:
ik weet het
David zegt:
soms weet ik niet waar ik mee bezig ben
Naomi86 zegt:
ga maar slapen
Naomi86 zegt:
welterusten
David zegt:
oke welterusten

Welterusten baby

Rowanda vroeg of ik mijn billen ging schudden.

'Wie ik?' vroeg ik. 'Straks misschien.'

'Oooké.' Ze begon om zich heen te kijken.

Ik moest snel iets terugzeggen. Het werd deze zin: 'Kom je hier vaker?'

'Een witteman is nooit tegen me gaan praten.' Rowanda dacht dat je daar dun voor moest zijn, of zo licht dat je net een bakra leek.

Ik vroeg hoe vaak ze een witteman ontmoette.

'Ik weet niet.' De schouders van Rowanda gingen weer omhoog. Haar borsten schudden mee. 'Nooit? Wat ben jij eigenlijk? Je hebt zwarte haren. Ben je Marokkaan?'

Ik herhaalde de vraag. 'Wat ben ik eigenlijk?'

Vanavond was ik, eigenlijk, op een missie naar mijn eerste Sherida-ketting en, hoewel ik niet de kabula durfde te dansen met Rowanda dacht ik dat ik hier hoorde, in deze negerinnendisco, bij de andere mensen die ze allochtonen noemen, want Hollanders denken altijd dat ik een Marokkaan ben en ze houden niet zo van Marokkanen, geloof ik, terwijl ik, eigenlijk, het tegenovergestelde ben van een Marokkaan en – stop.

'Ik ben joods,' zei ik. 'Had ik toch gezegd?'

'O ja, joods.' Rowanda moest lachen. 'Die hebben we ook in Su. Ze denken dat ze de baas zijn.'

'Joden zijn niet de baas,' zei ik. 'We zijn juist net als jullie.'

Ze vroeg: 'Welke buurt woon je?'

'Oud-Zuid,' zei ik. 'Alleen maar nette mensen.'

Rowanda pakte mijn handen en bekeek de binnenkant. Ze concludeerde: 'Jij hebt nooit één dag gewerkt in je leven.'

Ik zei niets.

'Joods,' zei ze weer. 'Dus je bent een bakra. Ik dacht dat jullie hier niet kwamen.'

Jullie? Waarom jullie, ik hoorde niet bij de bakra's, ik dacht dat ik hier tussen de mensen was bij wie ik hoorde, bij de andere mensen met zwart haar die ze allochtonen noemen, ik wilde niet dat Rowanda mij jullie noemde, ik wilde dat ze zei dat ik bij ons hoorde, en vooral dat zij en ik bij elkaar hoorden, ik wilde dat ze me tegen zich aan zou houden, heel dicht, en daarna gingen we samen – stop.

Ze vroeg of ik een auto had.

'Ja?' zei ik.

Rowanda vroeg wat voor auto.

Ik vertelde wat voor auto het was.

Die kende ze niet. 'Ga je een auto voor me kopen?'

Ik vroeg of ze al een rijbewijs had.

Dat had ze niet. Rowanda vroeg of ik haar geld ging geven voor rijlessen. Vroeger had ze rijles gehad, ze had zelfs een keer examen gedaan, maar dat was na tien minuten afgebroken omdat de examinator vond dat ze een gevaar op de weg was, en nu wilde ze het weer proberen. Dan ging ze toeren in mijn auto.

'Lichte negers zijn niet donker genoeg,' zei Rowanda. 'Die willen een lichte dame. Heb je niet gezien hoe donker ik ben?'

'Dus al je vriendjes waren negers?' vroeg ik.

'Je bent grappig,' zei Rowanda.

'Heb je kinderen?'

'Ik ben al vierentwintig. Een jongetje, die heet Tyrell. Hij is zeven. En Chanel, mijn dochter. Ik praat niet meer met hun vaders.'

Op haar ene schouder had Rowanda in zwarte letters de naam van Tyrell getatoeëerd, op de andere die van Chanel. Boven haar bil stonden hun namen nog een keer in Chinese letters.

Met de vader van Tyrell had ze samengewoond. Hij sloeg haar en hij had te veel bijvrouwen. Rowanda had een keer gewacht tot hij in slaap viel. Ze gooide kokend heet water over hem heen. Hij lag een paar weken in Beverwijk. Toen rotte hij wel op.

'En de vader van Chanel?' vroeg ik. 'Hoe is het met hem afgelopen?'

'Jarrow? Die wilde het leven van de straat. Hij ging hosselen.'

Ik vroeg wat hosselen was.

'Gewoon, hosselen. Je weet toch.'

Ik wist niet.

Als ik niet wist, dan zou ik het toch niet snappen. Jarrow had geen plannen met zijn leven. Hij wilde bij Rowanda blijven, maar zij had hem eruit getrapt omdat hij iedere dag aan het liegen was over hoeveel andere meiden hij had. Ze hield niet van liegmannen. Was ik ook een liegman?

Dit was de kans om mijn unique selling point te gebruiken. 'Ik lieg niet,' zei ik. 'Het zit niet in mijn cultuur om vreemd te gaan. Ik ben de enige man hier die je kunt vertrouwen.'

Ze vroeg of ik een grote pik had. Rowanda had een grote pik nodig.

Ik gaf geen antwoord.

'Ik zeg alles.' Het maakte Rowanda niet uit. 'Als je pik niet groot genoeg is, gebruik ik wel een vibrator. Net zo goed.'

Ze vroeg of ik haar een drankje ging aanbieden. Appelsap en een Breezer Pineapple voor haar vriendin. Rowanda had me voorgesteld aan haar vriendin. Ze was net zo donker als Rowanda, maar niet zo groot. Ze heette Cristina. Cristina praatte niet zoveel als Rowanda.

Het was jaren geleden dat ik iemand een Bacardi Breezer zag bestellen, dat was uit. Hier stonden kratten vol Bacardi Breezers, in alle smaken.

Toen ik haar de Breezer Pineapple gaf, vroeg Cristina: 'Dus jij bent de enige man hier die geen buitenvrouw heeft?'

Het was bijna licht. Ik bleef naar het papiertje staren waarop Rowanda haar nummer had geschreven. Voorzichtig legde ik het op het tafeltje naast mijn bed. Daar bleef het tien seconden liggen. Ik wilde nog een keer kijken, en het nummer in mijn telefoon opslaan.

Het was 05.48 uur, er was 1 nieuw sms-bericht. Van NAOMI, ontvangen om 00.58 uur:

WELTERUSTEN BABY XX.

Het was te laat om terug te sms'en.

Vier glazen kir

De laatste keer dat ik met mijn ouders op vakantie ging, was Naomi er ook bij. Mijn ouders wilden altijd naar landen die ver weg lagen, maar waar het toch zo was als in Nederland. Vroeger gingen we één keer per jaar naar New York. 'De hoofdstad van de wereld,' aldus mijn vader.

We waren bij de ingang van het visrestaurant achter het centrale plein in Puerto de la Cruz, op Tenerife. Het was de eerste avond van een week vakantie die Naomi en ik cadeau kregen voor ons diploma van de middelbare school.

In Puerto de la Cruz kwamen alleen beschaafde toeristen, volgens mijn vader. 'Hier is geen herrie van discotheken,' zei hij. 'Maar er zijn wel boekwinkels.'

We stonden te wachten omdat mijn vader aan één bepaalde tafel wilde zitten, de tafel waar hij vorig jaar ook had gezeten, vanwaar je het beste uitzicht over het restaurant had. Aan die tafel zaten nu andere mensen koffie te drinken.

'Ze zijn zo klaar,' schatte hij in.

'We komen net van de middelbare school,' zei ik. 'Misschien hadden Naomi en ik op vakantie naar de discotheek gewild.'

'Dit is beter,' vond mijn vader. 'We zitten aan de noordkant van het eiland, het is rustig. De discotheken zijn aan de zuidkant, dat is een verschrikking. Het gaat de hele nacht door.'

'Ik zou ook wel de hele nacht door willen gaan,' zei ik, maar mijn vader luisterde niet meer. Hij rende weg. De mensen van zijn tafel waren aan het opstaan.

Voordat we gingen zitten, vroeg mijn moeder: 'Even kijken, wie gaat waar zitten? David, jij zit daar, naast Naomi, tegenover je vader. Ik ga tegenover Naomi zitten.'

Nadat mijn vader vier glazen kir had besteld, want zo hoort iedereen een maaltijd in een restaurant te beginnen, legde hij iets uit aan Naomi. 'Tenerife heeft een prettig klimaat, omdat het naast Afrika ligt. Maar het is geen Afrika.'

'In Tenerife kun je op niveau dineren,' zei mijn moeder.

'Een voorgerecht, een hoofdgerecht en een nagerecht,' verklaarde mijn vader. 'Zoals het hoort.'

Mijn moeder onderbrak hem. 'En ze hebben een serieuze wijnkaart.'

'Wij nemen de zwaardvis,' zei mijn vader. 'Die moeten jullie ook nemen.'

De vakantie eindigde in een drama. Toen we thuiskwamen ontdekte Naomi dat ze haar lievelingsschoenen was vergeten in het hotel. Het waren pumps van Calvin Klein, met luipaardprint, die ze op vakantie in Miami had gekocht.

Ze kon reconstrueren hoe het was gebeurd. De laatste avond, toen mijn ouders al naar bed waren, gingen wij cocktails drinken op het centrale plein in Puerto de la Cruz. Op een terras zaten we tussen allemaal Duitse bejaarden. De cocktails zaten in reuzenglazen en hadden aardbeiensmaak, of banaan of perzik.

De volgende ochtend moesten we om kwart over vijf

opstaan. Het vliegtuig ging om half acht weg. Naomi had haar pumps bij het bed laten staan, waar ze ze drie uur eerder had uitgedaan.

De joden, de negers en de slavernij

Ik werd wakker, deed mijn ogen open, en pakte het papiertje. ROWANDA stond er, met een rode pen, en daaronder een 06-nummer. Ik bleef er tien minuten naar kijken.

Het lukte niet om langer dan een uur te wachten.

De telefoon ging zes keer over voordat Rowanda opnam. Ze riep: 'Ja.'

'Hallo?' zei ik. 'Met David, van gisteravond.'

'Hé! Hoe gaat het? Gisteren was de bom. Kom je naar me toe?'

'Eh... ja. Is goed. Is dat niet een beetje snel?'

'Wat is snel?'

'Ik heb je gisteren ontmoet.'

'Heb je iets anders te doen? Moet je naar je vriendin? Je was toch geen liegman?'

'Nee nee, ik heb geen vriendin.'

'Kom naar me toe dan.'

Rowanda woonde met Tyrell en Chanel bij haar moeder, Janine, in Amsterdam-Zuidoost op de zevende etage van de flat Huigenbos. Haar broertjes Clifton en Delano woonden ook thuis. Rowanda heette van haar achternaam Pengel. Ze had een grote familie, met honderden mensen, maar behalve met haar volle neven en nichten wilde Rowanda niets met de Pengels te maken hebben. Ze schoot er niets mee op om al die mensen te kennen.

Voor Huigenbos speelden jongens met een basketbal.

Op de deur van een geparkeerde witte Fiat Panda stond in het zwart met een spuitbus geschreven: P.I.M.P. Ik parkeerde de Saab, zei hallo tegen de basketballende jongens – ze zeiden niets terug – en nam de lift naar boven.

Ze deed de deur open in een strakke zwarte broek en een lichtblauw truitje met in roze letters SEXY BITCH. Rowanda's borsten waren zo groot dat ze bijna uit het truitje vielen. De mobiele telefoon zat niet in haar decolleté, ze hield 'm tegen haar oor.

'Cris, mijn bezoek is er, ik bel je later,' riep ze. 'Ja, het is die bakra. Ik ga je hangen.'

Ik zei dat ze er bling bling uit zag.

'Je moet niet koel doen met je bling bling.' De telefoon ging terug in het decolleté. 'Je bent geen slick rick.'

In de huiskamer was een groot raam met een uitzicht op andere flats. Verder was er een zwart leren bankstel en een lichtbruine houten tafel van IKEA, waarop de hoes lag van een gekopieerde Nigeriaanse dvd. Rowanda had een hele stapel gekopieerde Nigeriaanse dvd's. Ze hield alleen van black movies, maar er waren niet genoeg Amerikaanse black movies, dus ze keek ook naar Nigeriaanse. Ze noemde het love stories, hoewel er altijd vechten en schieten in voorkwam.

Ernaast lag de *Metro*. Op de voorpagina stond:

TERREURDREIGING NEDERLANDSE MAROKKANEN

Daaronder stond in honderd woorden: een geschiedenis van de Marokkaanse migratie naar Nederland, de problematiek die daarop volgde, een verklaring voor de Marokkaanse lust tot terreur, een overzicht van de Marokkaanse terroristengroepen in Nederland en een analyse van de bestrijdingsplannen die de dag ervoor in Den Haag waren aangekondigd.

Om een hoek was, in dezelfde ruimte als de woonkamer, de keuken. Janine droeg een zwarte jurk met bloemen erop. Ze stopte met eten maken, om goed naar me te kijken. 'Dus... jij... bent... David,' zei ze langzaam.

'Mama was verbaasd omdat ik nooit bakra's meeneem,' zei Rowanda. 'Clifton en Delano hebben blondjes. Ik niet.'

'Je hebt zwart haar.' Janine was klaar met naar me kijken. 'Ben je wel een Hollander?'

Ik zei dat ik joods was, maar ze luisterde niet meer.

Clifton en Delano schoten op de Xbox 360 naar elkaar met *Halo 3*. Op het T-shirt van Clifton stond THUG LIFE, Delano droeg een wit onderhemd zonder mouwen.

Clifton stak zijn vuist naar voren. Het was de bedoeling dat ik er met mijn vuist tegenaan bokste.

Delano keek niet op van zijn controller. Zijn enige woorden waren: 'What's up man.'

'Let niet op hun.' Ik moest met Rowanda in de keuken zitten. Tyrell en Chanel waren op hun kamer aan het spelen.

Janine roerde in een pan, Clifton en Delano zaten op de bank, en de telefoon van Rowanda rinkelde. Haar ringtone was de melodie van *Sexual Healing*. Ze riep 'Ja!' in de telefoon en liep weg.

Janine en ik keken elkaar aan. Het bleef stil. 'Dus jij bent joods?' vroeg ze.

Ik zei: 'Ja mevrouw.'

Het was weer stil. Tot ik vertelde dat negers en joden in de jaren zestig samenwerkten. 'Bij de Civil Rights Movement in Amerika. Ze wilden allebei dat Amerikaanse negers burgerrechten kregen.'

Janine stopte met roeren. 'Wij zijn geen negers.' Ze

keek niet naar mij, maar naar de muur voor haar. 'Ik ben een Afro-Surinaamse zwarte vrouw.' Op de muur zaten lichtblauwe tegels. 'Neger is een scheldwoord, uit de slavernij.'

Rowanda was klaar met bellen, de telefoon was terug tussen haar borsten. Ze kwam bij me op schoot, zodat ze tussen mij en Janine in zat.

Ik vroeg waarom ze die telefoon daar deed.

Ze zei: 'Anders kan ik 'm niet horen toch?'

Janine ging voor ons staan, op een manier alsof ze iets belangrijks van me moest weten. Hoe ging ik Rowanda verwennen? Een man als ik moest een vrouw als Rowanda verwennen. Ik moest haar behandelen als een koningin. 'Een black queen.'

Janine had een theorie over de reparatiekosten die Afro-Surinaamse zwarte mensen tegoed hadden van de Hollanders, voor de slavernij. Het maakte niet uit dat er geen Hollanders in leven waren die hadden meegedaan aan de slavenhandel – het moest vergoed worden, en wel met miljarden euro's. Maar dat gebeurde natuurlijk niet, omdat er niet genoeg geld op de wereld bestond om de slavernij goed te maken en omdat het systeem in Nederland niet was gemaakt voor zwarte mensen. Joden hadden na de oorlog reparatiekosten gekregen, waarom kregen Afro-Surinaamse zwarte mensen dat niet?

Delano riep: 'Cola!'

'Doe het zelf!' riep Rowanda. 'Luie neger.'

Hij dronk het glas in één keer leeg. Er moesten drie ijsblokjes in. Delano had ook last van de slavernij. Waarom lukte het niet om bij één tanga te blijven? Zijn vader kon niet bij zijn vrouw of bij zijn kinderen blijven, en nu lukte het Delano niet. Hij had twee kinderen bij twee meisjes. Het kwam doordat zijn voorvaders tijdens de slavernij werden gescheiden van hun families.

Ik stelde Rowanda een hypothetische vraag. 'Wat is erger? Dat je voorouders slaven zijn geweest of dat je in Afrika wordt geboren?'

Ze zei dat ik niet moest zeuren.

Ik stelde nog een hypothetische vraag. 'Wat is erger? Een heel volk uitmoorden of een deel van een volk verhandelen?'

Nu hoorde Janine het ineens wel. Ze riep: 'De slavernij was toch veel erger dan die oorlog met die joodse mensen.' Ze sloeg met haar hand tegen de blauwe tegels. 'Wij zijn ook uitgemoord. En verkracht. Anders waren er geen halfbloedjes geweest.'

Ik weet niet

Ik vertelde dokter Bornstein over de intellectuele negerin en de Sherida-ketting.

Hij vroeg: 'Wat ben jij?'

'Ik weet niet.' Ik droeg nieuwe witte Nikes, met een blauwe streep. Op de rechterschoen zat een kleine moddervlek.

'Is dat het probleem?' Ik voelde dat dokter Bornstein oogcontact probeerde te maken. 'Dat je niet weet wat je bent?' Ik had geen zin om hem aan te kijken.

'Ik weet niet.'

'Je bent in Amsterdam geboren.' Hij bleef kijken. 'Ben je een Nederlander?'

'Zie ik eruit als een Hollander?'

'Ben je dan een buitenlander?'

'Nee, ook niet. Ik ben toch in Amsterdam geboren? En mijn ouders ook?'

'Zou je graag een buitenlander willen zijn?'

'Nee.' Ik keek dokter Bornstein voor het eerst aan. 'Allochtonen met zwarte haren mogen niet in Oud-Zuid wonen. Ik vind het er prettig wonen.'

'En dat vind je onrechtvaardig?' vroeg dokter Bornstein. 'Zou je willen dat er wel allochtonen mochten wonen?'

'Nee. Als er allemaal allochtonen waren, zou het niet meer prettig wonen zijn.'

'Dus je vindt het prettiger wonen tussen Nederlanders?'

'Nee.' Het uitzicht van dokter Bornstein was een vierkant grasveld, Buitenveldert-stijl. 'Hollanders deden niets toen mijn familie werd meegenomen door de Duitsers. Mensen veranderen niet. Als de Duitsers nog een keer komen, doen ze weer niets.'

Ik keek naar de grond. 'Ze denken allemaal dat ik een Marokkaan ben.'

'Zou je willen dat ze dachten dat je een Nederlander was?' vroeg dokter Bornstein.

'Kijk hoe ze tegen mij doen,' zei ik. 'Omdat ze denken dat ik een Marokkaan ben. Ik wil niet bij die mensen horen.'

'Je vindt dat Marokkanen niet goed worden behandeld?'

'Dat zeg ik niet. Marokkanen zijn antisemieten, denk ik.'

'Ze verdienen het om slecht te worden behandeld?' vroeg dokter Bornstein. 'Behalve wanneer het joden zijn die er alleen uitzien als Marokkanen?'

'Ik weet niet.'

Liegmannen

Clifton dronk geen cola maar Fanta. Zonder ijsblokjes. Rowanda en Janine en Delano waren donkerbruin, bijna zwart. Clifton was lichtbruin. Hij had een andere vader dan Rowanda. Delano ook, maar die was daar niet lichtbruin van geworden.

Clifton vroeg: 'Ben je Marokkaan?'

Ik zei nee.

Hij geloofde het niet, ik was wel een Marokkaan.

'Ik zie er alleen zo uit,' zei ik. 'Ik ben er echt niet een.'

Dat was het verschil, volgens Clifton. 'Bij jou weten ze het niet zeker. Jij kan ook een bakra zijn. Bij mij weten ze: die is zwart.' Hij was bijna niet donkerder dan ik. Je had het aan zijn kroeshaar kunnen zien, maar Clifton had zijn hoofd kaal geschoren.

Hij hield niet van Marokkanen. Die dachten dat ze zwart waren. Ze droegen zwarte-mensen-kleren, ze luisterden naar zwarte muziek en ze haalden eten bij de Surinaamse toko omdat het halal was.

'Maar je bent niet zwart, vriend,' zei Clifton. Hij vroeg aan Rowanda hoe ik ook weer heette. 'Of je nou een Marokkaan bent of niet. Jij bent ook niet zwart, David.'

Marokkanen leerden van hun ouders dat zwarte mensen apen waren. Zo ging dat in Marokko. En hier wilden ze apen na-apen. Wie was er dan de grootste aap? Het begon allemaal toen Marokkaanse meisjes met Surinaamse mannen begonnen te ballen. Marokkaanse meisjes wilden Surinaamse mannen, net als alle andere vrouwen. Dat konden Marokkaanse jongens niet *handelen*.

'Jullie snappen het niet,' zei Clifton. 'Daar hebben jullie de dieptegang niet voor.' Hij legde vaker uit dat niemand er iets van snapte, behalve Afro-Surinaamse zwarte mensen. Daarbij viel meestal het woord dieptegang.

Rowanda moest voor ma dingen halen bij de toko. Ze zei: 'Kom, we gaan naar Poortje.' Poortje was winkelcentrum de Amsterdamse Poort, voor 'kleurrijk winkelen'. Het was nieuwbouw, met lichtgrijze bakstenen en nette winkels en bijna geen wittemensen. Die kwamen alleen aan het begin. Daar stonden een paar kantoorgebouwen waar ze werkten. Dieper het Poortje in durfden ze niet.

Als Rowanda in haar eentje door de Van Breestraat zou lopen, bij mijn ouders, wist iedereen: hier klopt iets niet. De mensen zouden een onbestemd gevoel hebben. Ze zouden denken: die komt een huis schoonmaken. Of ze komt inbreken. Anders kan ze hier niets te zoeken hebben.

Ik was niet alleen in Poortje, ik liep naast Rowanda. Mijn aanwezigheid was gelegitimeerd.

Eerst moest ze een nieuwe beha kopen, bij Hunkemöller. In andere winkels hadden ze haar maat niet. Voor we de winkel ingingen spuugde ze op de grond. Het zag er niet per se vrouwelijk uit, maar bij Rowanda klopte het.

'90E?' vroeg ik. 'Klopt dat?'

'Is dit zo'n intellectuele vraag van je?' Rowanda had al een beha gepakt, ze liep naar de kassa. 'Ga je voor me betalen?' vroeg ze.

Ik vroeg waarom.

'Je vraagt toch of ik 90E heb? Als je me wil aanraken, moet je betalen. Ik hou niet van gierige mannen.'

De beha was zwart en van zijde. Ze zorgde dat ik de maat niet kon zien, alleen het prijskaartje. Het kostte 18 euro en 90 cent. Ik gaf haar een briefje van twintig.

'Is dat alles?' vroeg ze. 'Geld is money.'

Buiten, voor de deur van Hunkemöller, vroeg ze: 'Heb je broertjes of zusjes?'

'Nee.'

Ze had een theorie: mensen zonder broers en zussen waren rare mensen. Die waren altijd aan het liegen en ze waren egoïstisch.

Ik vroeg hoeveel zij er had.

'Ik weet niet. Mijn papa was een rolling stone. Van hem heb ik tien halve broers en zusjes. Of vijftien. Hoeveel girlfriends heb je gehad?'

Mijn enige echte verkering was met Naomi geweest. 'In de Bijbelse zin?' vroeg ik. 'Tien. En jij?'

'Wie ik?' vroeg Rowanda. 'Acht.'

Daan had ook een theorie, over vrouwen. Als je aan ze vraagt met hoeveel mannen ze zijn geweest, dan noemen ze het getal acht. Ze zitten boven de tien, maar dat willen ze niet zeggen. Negen is te doorzichtig, net onder de tien. Daarom zeggen ze acht.

Bij Saman Afro Beauty Center, in dezelfde straat als Ici Paris XL, moest ze haar kopen. Rowanda's eigen haar was kort, ze gebruikte extensies die eraan werden geplakt. Het haar dat ze nu droeg, had ze drie maanden. Het was stinkhaar geworden en Rowanda hield niet van stinkhaar.

In Saman Afro Beauty Center liet een Hindoestaanse man allemaal soorten haar zien. Er was haar in verschillende lengtes, in verschillende kleuren, met verschillende percentages echt haar en met een verschillende hoeveelheid krullen, of juist steil.

Een uur later. Rowanda koos voor de Premium Now HH Wet Look van 18 inch. Het waren donkerbruine krullen, in plastic verpakt. 100% Human Hair, 34 euro per bos. Ze had zes bossen nodig.

Bij elkaar was het 204 euro. De verkoper gaf korting, dan kostte het 200 euro.

'Fokking Hindoe's,' zei Rowanda, terwijl de verkoper erbij stond. 'Ik hou niet van gierige mannen.'

Ze vond dat ik de helft moest betalen, zij zou de andere helft betalen.

Ik vroeg waarom.

'Je wilt toch dat ik er mooi uitzie?'

Ik keek naar de verkoper, hij keek naar mij.

'Mooi haar krijg je niet voor niets,' zei Rowanda. Ze legde haar honderd euro op de toonbank.

In Toko De Poort was het personeel ook Hindoestaans. De klanten waren Surinaamse negers. Alle Surinaamse winkels waar negers komen zijn van Hindoestanen. Of van Surinaamse Chinezen of Javanen.

De Poort was niet de beste toko, maar het was laat, het was dichtbij metrostation Bijlmer en Rowanda had alleen zoutvlees nodig, dacht ze. Toen ze achter glas het eten zag liggen, riep ze: 'Stop.' Ze vroeg of ik een briefje van vijf euro had. 'Een roti lams,' zei ze tegen de Hindoestaan bij het eten. 'Met een extra roti.'

Ze legde het zoutvlees in de keuken en trok me de gang op. 'Dus jij denkt dat het 90E is?'

'Eh... ja? Dat was mijn inschatting.'

Rowanda vroeg of ik zeker wist dat dit was wat ik wilde. Ze praatte op een toon alsof deze vraag de belangrijkste van de wereld was. 'Ga je nooit tegen me liegen?' Rowanda pakte mijn handen vast en keek me aan. 'Ik kan niet met nog een liegman zijn.'

Ik beloofde dat ik nooit zou liegen.

'Beloof je het echt? Ik heb te veel liegmannen gehad. Ze liegen over alles.'

Ik vroeg waarover dan.

Rowanda had mannen gekend die logen over dat ze geen vrouw hadden, over dat ze geen kinderen hadden, over hoe oud ze waren, over dat ze niet samenwoonden, over dat ze maar één vrouw hadden en dan hadden ze er nog vier, van wie Rowanda er met twee had gevochten, ze logen over dat ze niet getrouwd waren, over dat hun vrouw dood was, over dat ze in Amsterdam woonden maar dan bleek dat het huis te zijn van een broer en woonden ze eigenlijk met hun vrouw in Almere. Ze noemde nog tien voorbeelden, tot ze vroeg: 'Jij gaat dus nooit tegen me liegen?'

Ik beloofde het.

Ze pakte mijn broek vast, bij de rits, voelde even en gaf met haar handen een lengte aan van ongeveer vijftien centimeter. Ze leek teleurgesteld, een beetje boos ook.

'Hij is nog niet fully erect,' riep ik. 'Straks wordt het groter.'

Ze zei: 'Kom.' Ik moest mee, een slaapkamer in. 'Je mag kijken welke maat ik heb. Ik ga die nieuwe beha passen.'

Raise Up

We hadden bij Naomi thuis gezeten. Haar ouders waren een lang weekend aan het uitwaaien in New York. Ik zat op de chaise longue in Naomi's slaapkamer naar The Box te kijken. *Raise Up*, een oude videoclip van Petey Pablo, een rapper uit North Carolina.

This one's for North Carolina! Come on and raise up
Take your shirt off, twist it round yo head
Spin it like a helikopter
North Carolina! Come on and raise up

Op de televisie trokken zwarte vrouwen witte T-shirts uit en zwaaiden ze boven hun hoofd, als een helikopter.

'Kom je?' vroeg Naomi. Ze lag in bed en trok haar T-shirt uit. Naomi deed het niet op de manier zoals de vrouwen op de televisie het deden. De televisie stond in het midden van de kamer en het bed daarachter, tegen de muur. Ik kon tegelijkertijd Naomi en de video van Petey Pablo bekijken. Haar dekbed was van Hello Kitty.

'Ik kom eraan,' riep ik. 'Even dit afkijken.' Petey Pablo zat, omringd door T-shirtloze dames, boven op een glimmende auto.

Who am I? Petey Pab motherfucker
First to put it down for North Carolina
But guess what – what? – it's been worth it
I'm a superstar, bought me a big ole car

Na Petey Pablo kwam er een video van Nelly, een rapper uit St. Louis. Het was die ene waarin hij een creditcard tussen de bil van een vrouw door haalde.

Langs de televisie keek ik naar Naomi, die een boek van Paulo Coelho lag te lezen. Ik zag de vrouw die ik zo goed kende. Het meisje van wie ik hield zelfs. Ik zag niet een vrouw van wie ik opgewonden werd. Niet zoals ik opgewonden werd van de vrouwen die ik op de televisie zag.

Ik zette de televisie uit, liep naar het bed, smeet het Paulo Coelho-boek op de grond en ging op Naomi liggen. We hadden een ritueel. Naomi lag stilletjes op haar rug en ik lag op haar, terwijl ik bewoog met mijn heupen. We deden wat we honderden keren eerder hadden uitgevoerd, maar het lukte niet. Ik kon het niet meer.

'Wat is er aan de hand?' vroeg Naomi.

'Niks.' Ik zuchtte. 'Hoezo?'

'Je doet zo raar.'

We konden uren doorgaan, maar zogenaamd volledig erect zou ik niet worden. Ik bedacht een list. Ik hijgde hard, mijn heupen bewoog ik nog harder, en ineens hield ik op.

'Wat was dat?' vroeg ze.

'Hoe bedoel je?' vroeg ik.

'Wat was dat, wat je net deed?'

'Wat denk je? Het heet een orgasme.'

'Orgasme?' Het gebeurde niet vaak dat Naomi boos werd. Nu schreeuwde ze. 'Waar is dat orgasme dan? Wat denk je nou, dat jij het kan faken?'

Ik zei niets. Ik draaide me om. Ik ging slapen.

Twee ijzeren stangen

'Komt er wat van?' vroeg Rowanda.

En ze vroeg: 'Mag ik in je gezicht bijten?' Ze wachtte niet af en beet onder mijn rechteroog.

De deur van de slaapkamer had ze op slot gedaan. Ze stond voor me, we hadden onze kleren nog aan, en legde mijn handen op haar borsten. '95F. Groter dan je dacht.'

Rowanda liep naar de cd-speler om een poku te zetten. Reggaeton van Daddy Yankee. Ze duwde me op bed en kondigde aan: 'Ik ben wild hoor.'

Ik moest op het bed liggen terwijl zij bij de deur stond om voor me te dansen. Ze bewoog met haar heupen, zodat ik kon zien wat me te wachten stond als ze op me zat.

Ineens stopte het dansen. 'Ik hou niet van stinkmannen,' zei ze. Volgens Rowanda gingen Hollanders niet onder de douche. Ze noemde het baden. En als ze het deden, wisten ze niet hoe ze zich moesten wassen.

Ik zei dat ik geen Hollander was.

Rowanda zei dat het goed met me was. Ze gaf me een handdoek en een Kruidvat-huismerk-tandenborstel, nog in het plastic. Ik moest ook tussen mijn bil wassen en mijn piemel helemaal, aan de binnenkant met zeep, en onder mijn oksels.

Ik zei dat ik wist hoe ik me moest wassen.

'Als je je tanden gaat poetsen, moet je ook je gehemelte poetsen. En je tong, totdat je gaat kokhalzen. Jullie weten niet hoe dat moet. Wittemensen zijn stinkmensen.'

Ik trok mijn kleren uit tot aan de boxershort. 'Moet jij niet onder de douche?' vroeg ik.

Rowanda had vandaag al twee keer gebaad.

Ze praatte net zo streng als voordat ik onder de douche was geweest. 'Ga op bed liggen.' Ik ging liggen. Rowanda kwam op haar knieën naar me toe sluipen. Ze maakte een geluid alsof ze een tijger was, ze beet in mijn lippen en mijn wangen, en ze klakte met haar tong.

Het was ontroering, het was paniek, het was een jongetje in de snoepwinkel, het was ontlading, het was alles door elkaar. Waar moest ik beginnen? Eerst wilde ik het shirt met SEXY BITCH over haar hoofd heen trekken. Ik moest haar lippen een paar seconden loslaten.

Het was als een kadootje uitpakken. We stonden allebei rechtop op het bed. Onder iedere laag kleding zat een nieuwe verrassende ronding. De zwarte Hunkemöllerbeha was van een omvang die ik nooit eerder had gezien. Door een soort omhelzing lukte het om die van achteren te ontgrendelen. Aan de voorkant zaten onderaan twee ijzeren stangen, om alles omhoog te houden. Zien kon ik het niet, maar tegen mijn buik aan voelde ik twee gigantische borsten naar beneden zakken. Ze roken naar talkpoeder.

Ik deed een stap naar achteren. Het waren donkerbruine ballonnen, zo groot als twee voetballen bij elkaar, met enorme ronde pikzwarte tepels erop. Ik zei: 'Mijn god.' Ze hingen bijna tot bij Rowanda's navel. Ik pakte ze vast en probeerde mijn handen eromheen te doen. Dat lukte niet. Een van de borsten legde ik over mijn hand heen. De hele hand verdween eronder.

'Eh... hallo?' riep Rowanda. 'Ik ben hier boven. Je bent niet in de speelgoedwinkel.' Ze pakte me vast, aan het lichaamsdeel dat ze penis noemen, en trok me eraan naar beneden toe.

Ik riep: 'Au!'

Rowanda zei dat ik niet moest zeuren. Ze duwde mijn hoofd naar beneden. Daar zat ook kroeshaar. Het smaakte anders – zouter maar ook zoeter. Het was rauwer.

Aan mijn haar, het haar op mijn hoofd, trok ze me omhoog, boven op haar. Het was drijfnat, ik gleed in één keer naar binnen. Nu was niet ik het die heupbewegingen maakte. Ze lag onderop, maar dat weerhield haar er niet van om mij te berijden.

Haar telefoon ging. *Sexual Healing*. De telefoon lag op een tafel naast het bed. Rowanda nam op en zei: 'Cris, wat heb ik je nou gezegd?'

Cris zei iets terug. Ik wist niet of ik door moest gaan of stoppen.

'Ja, ik ben hier met die David.' Ze hing op, checkte of er nieuwe sms was of dat ze oproepen had gemist, en legde de telefoon terug op tafel. Rowanda deed haar ogen dicht. Haar hoofd verstopte ze half onder een kussen.

Ik haalde het kussen van haar hoofd áf om te zeggen dat ze me aan moest kijken. Even deed ze haar ogen open. 'Ik wil niet kijken,' zei ze. 'Dat doe ik nooit. Ik schaam me. Zeker met een witteman.'

Ze greep me vast met haar heupen en verplaatste me in één beweging van boven naar onder. Nu had Rowanda vrij spel. Het hele bed schudde heen en weer, ik begon te kreunen. Ik vroeg: 'Maken we niet te veel lawaai?'

'Ik zei je toch.' Rowanda fluisterde. 'Niet zeuren.'

Ik kon bijna niet meer praten. 'Waar heb je dit geleerd?' vroeg ik.

'Als ik wil, kan ik je kapotneuken,' beloofde ze.

Ik voelde dat ik het niet lang meer zou volhouden. Het spoot er zo hard uit dat het pijn deed. Het was een intens, urenlang spektakel geweest.

'Je houdt niet lang vol hè,' zei ze. 'Je bent gierig. Niet eens vijf minuten.'

Ik zei niets. Met mijn ogen dicht lag ik op mijn rug.

Ze had het niet per se tegen mij, Rowanda praatte meer in zichzelf toen ze zei: 'Het is toch kleiner hè.'

Ik vroeg: 'Wat?'

'Een witte dick.'

'Wat?'

'Je hoort toch wat ik zeg?'

'Een witte dick is kleiner? Kleiner dan wat?'

'Kleiner dan wat denk je? Kleiner dan een zwarte.'

'Is dat echt zo?'

'No span, het is niet erg.'

Ik vroeg hoe dat moest bij de volgende negerin, nu zou ik altijd bang zijn wat ze van mijn dick vonden. Zeker als het een negerin was die nooit een witte had gezien.

'Wat is dat, volgende negerin?' vroeg Rowanda. 'Waarom moet er een volgende komen?'

Ik zei dat het een grapje was.

Davids dagboek: Oude en nieuwe R&B

Zwarte muziek is beter dan witte muziek. Ieder kind dat nog niet het verschil kent tussen negers en blanken kan dat horen. De collectie van mijn ouders bestond uit muziek van toen zij opgroeiden. Dat betekende: Beatles, Rolling Stones, Bob Dylan en alles wat daarbij hoorde. En ook een beetje Stevie Wonder, Marvin Gaye en Curtis Mayfield.

Een kind begint met luisteren naar de collectie van zijn ouders. Toen ik wist wat het verschil was tussen zwarte en blanke mensen kwam de ontdekking dat ik alleen naar zwarte muziek luisterde.

Na de collectie van de ouders komt de stap dat kinderen zich verdiepen in de achtergronden van de muziek waar ze naar luisteren. Meneer Robinson, de Afro-Amerikaanse expat die bij ons in de straat woonde en bij Philips werkte, had twee dochters die ouder waren dan ik en op de internationale school in Amstelveen zaten. Praten met ze deed ik niet, maar uit het raam van mijn kamer zag ik ze iedere middag voorbijlopen. Ze waren vijftien en zeventien en ze droegen kleren die ze in Amerika hadden gekocht. Ze zagen er zo mooi uit dat niemand zich afvroeg wat ze in de straat kwamen doen.

Witte mensen luisteren niet naar alle zwarte muziek. Het is nodig dat er maatschappijkritische teksten worden gezongen, of er moet een artistieke pretentie zijn die voldoet aan de witte maatstaf, anders vinden ze het te oppervlakkig. Zwarte muziek die puur bedoeld is ter vermaak – dat mag niet. Het moet echte kunst zijn, zoals bij Erykah Badu, of Jill Scott of Angie Stone.

In de muziekstroming R&B wordt vrijwel uitsluitend gezongen over de liefde. Dat was zo bij de oude R&B, uit de jaren zestig en zeventig, toen het ook wel soul werd genoemd, en het is nog steeds zo bij de R&B van nu.

Oude R&B -artiesten heten Roberta Flack, The Ohio Players of Otis Redding.

Nieuwe R&B -artiesten heten Jaheim, Keyshia Cole of Bobby Valentino. Of natuurlijk R. Kelly, maar dat is buitencategorie.

Blanke mensen luisteren naar oude R&B, dat vinden ze authentiek en met hart en ziel gemaakt. Nieuwe R&B vinden ze nep en te glad.

In Amerika heeft de white man de R&B afgepakt, net gedaan of het van hem was, en er meer geld mee verdiend dan het zwarte origineel dat werd gekopieerd. De bekendste voorbeelden heten Elvis Presley, van vroeger, en Justin Timberlake, van nu. Elvis Presley en Justin Timberlake komen allebei uit Memphis, Tennessee. Dat is ook de stad van twee van de beste stemmen uit de oude R&B: Al Green en de damesgroep The Emotions. Veel mooier en zuiverder dan door Al Green en The Emotions wordt er niet gezongen.

De moderne versie van oude R&B is niet alleen nieuwe R&B, maar ook hiphop. Vroeger gebeurde het in de hiphop aan de East Coast en de West Coast. Nu gebeurt het in de Dirty South (hoewel Snoop Dogg ook al opgroeide in Louisiana). Met de Dirty South wordt het zuiden van de Verenigde Staten bedoeld. Dat is waar Memphis ligt. Rappers uit Memphis heten Eightball & MJG, Three 6

Mafia (in 2006 als eerste hiphop-artiesten een Oscar voor beste lied uit een film), of Yo Gotti.

Voor Hollanders bestaat een vakantie in Amerika uit Californië of de stad New York. Surinamers gaan naar Miami. De stad waar ik heen wilde was Memphis, Tennessee.

Een Marokkaan + negerin in de P.C. Hooftstraat

We liepen door de P.C. Hooftstraat. Ik zou Rowanda mijn buurt laten zien. Ze wilde niet naar kledingwinkels kijken. Mijn analyse was dat Rowanda niet geïnteresseerd was in de kleding die ze daar verkochten. Dat soort kleren zou ze toch nooit dragen, en ze hadden haar maat niet.

Ze wilde alleen zien of de Ici Paris XL hier anders was dan die in de Amsterdamse Poort. Ik had een zwarte sporttas bij me, van Adidas, met kleren erin. Bij mijn ouders had ik de schone was opgehaald. Meestal deed ik het in mijn eigen wasmachine. De laatste dagen was het een beetje druk.

Op de benedenverdieping van de Ici Paris XL waren geen verkoopsters. Die stonden op de bovenverdieping met elkaar te praten. Ik klaagde dat de tas te zwaar werd. Van Rowanda moest ik niet zeuren. Ik moest aan een verkoopster vragen of ze aftershave hadden van Kiton, dat was van Aramis. Die moest ik voor mezelf kopen. De aftershave die ik gebruikte, Emporio Armani, was stink-aftershave. Het personeel, vier of vijf blonde vrouwen, bleef boven met elkaar praten.

Mijn tas was nog steeds te zwaar.

Rowanda zei: ‘Tof voor je.’ Ze vond dat ze in deze Ici Paris XL meer bezig waren met elkaar dan met de klanten. Als ze dat in de Amsterdamse Poort deden, zou Rowanda even aan die stink-verkoopsters laten weten wat ze van ze vond.

Ze zei: 'Kom, we gaan.' We liepen naar boven. Bij de uitgang stond een man in een zwart pak. Hij was lang, met kort blond haar. Eerst keek hij naar mij, dan naar Rowanda, weer naar mij en daarna naar de Adidas-tas in mijn hand.

Bewakers hadden eerder naar me gekeken, ze keken altijd. Wanneer Naomi erbij was keken ze minder dan wanneer ik alleen was – omdat zij bruin haar had in plaats van zwart haar, was ik minder verdacht als ik naast Naomi liep – maar kijken deden ze sinds ik oud genoeg was om eruit te zien als een kut-Marokkaan. Hoe deze man in zwart pak keek naar een Marokkaan + negerin in de P.C. Hooftstraat, zo had een bewaker niet eerder naar me gekeken.

Hij stond voor ons bij de uitgang. De man in het zwarte pak hield zijn hand tegen mijn arm en vroeg, in het Nederlands: 'U spreekt Nederlands?'

Ik sprak Nederlands.

'Vindt u het erg als ik even in uw tas kijk?'

Rowanda keek naar mij en ik keek naar haar. Ik wist niet wat ik moest zeggen. Zij wist het wel. 'Vraag je dat aan iedereen?' riep ze, zo hard dat op straat mensen stil bleven staan.

Met haar middelvinger wees Rowanda naar twee winkelaars die vanaf de bovenverdieping naar ons keken. 'Vraag je het ook aan hun?' De winkelaars draaiden zich om. 'Moeten zij ook hun tas laten zien?'

De man in het zwarte pak zei dat het een standaardprocedure was, een steekproef die ze soms uitvoerden.

Rowanda maakte bekend dat we de tas niet voor hem open gingen maken. 'Alleen als je eerst bij al die wittemensen ook in hun tas gaat kijken.' Ze pakte de tas uit mijn handen, zette die op de vloer, deed haar armen over elkaar en vroeg of ik niks ging zeggen.

Zei ik niks omdat ik me vernederd voelde, dit was mijn buurt, hier woonde ik mijn hele leven, dit gebeurde niet met mensen als ik, het was een vervelend gevoel, als ze lieten merken dat dit hun land is en niet dat van jou, ik kon een beetje begrijpen waarom Marokkanen zich geen echte Hollanders konden voelen, als je overal in de gaten wordt gehouden en je tas moet laten zien, dan voel je je niet thuis, maar ik kon het ook niet begrijpen, want het was niet voor niets dat ze altijd in de tas van Marokkanen wilden kijken en – stop.

Rowanda pakte mijn Adidas-tas, duwde de man in het zwarte pak opzij en zei: 'Kom, we gaan.'

Hij wachtte af wat ik zou doen. De man in het zwarte pak stond niet meer voor me. Ik wist niet of ik nu de winkel uit mocht lopen of niet.

Rowanda stond al op straat. Ze kwam de winkel in, pakte mijn hand en riep: 'Ik zei toch: we gaan. Met je fokking alleen maar nette mensen.'

Blote foto's, met de Samsung G800

We hadden afgesproken in de bar van het College Hotel op het Roelof Hartplein, in het gedeelte waar je tegenover elkaar op bankjes kunt zitten.

Het was als bij mijn eerste ontmaagding, vijf jaar eerder. Zodra ik het huis van Rowanda had verlaten, belde ik Daan en Bas. 'Kom snel,' zei ik. 'Ik moet je iets vertellen.'

In mijn eentje zat ik op een bank in het College Hotel. Ik was erheen geracet. Bas en Daan waren er nog niet. De bar was bijna leeg.

Een ober die met een dienblad rondliep, kwam niet naar me toe, hij bleef alleen heel lang kijken. Het was een blonde jongen in zwart serveerderspak en wit schort. Na overleg met zijn collega's kwam hij, in extra langzaam Nederlands, vragen: 'Kan... ik... iets... voor... u... doen?'

'Nee... dank... je,' zei ik. 'Ik... wacht... op... mijn... gezelschap.'

Hij bleef naast me staan. 'U weet zeker dat u hier moet zijn?' vroeg hij weer.

Daan arriveerde. Iedere keer dat ik aan hem uitleg dat mensen met zwart haar anders worden behandeld dan mensen met bruin haar, zegt hij dat ik niet moet zeuren.

'Mag ik jou iets vragen?' zei ik tegen de blonde serveerdersjongen. Ik wees naar Daan. 'Ga je ook aan hem vragen wat hij hier komt doen?'

'U bent samen?' vroeg de serveerdersjongen. 'Mijn collega komt zo bij u.' Hij liep snel weg.

'Het was on-Nederlands,' zei ik. Daan en Bas zaten me aan te staren.

'Vandaag vertelde Rowanda dat ze een keer heeft geprobeerd om haar ex in brand te steken. Ze gooide benzine over hem heen terwijl hij lag te slapen. Hij had haar bedrogen met een ander. Ze wilde hem in brand steken, maar hij werd wakker.'

Ze bleven me aanstaren.

'Over een andere vriend had ze kokend water gegooid.'

Na tien seconden sprak Daan: 'Vind je dat normaal?'

Ik zat op het ene bankje, Daan en Bas op het andere. Ik dronk bacardi-cola, Bas een aardbeiencocktail en Daan had een komkommerdrankje. Komkommerdrankjes zijn de nieuwe trend.

'Wie bepaalt wat normaal is?' vroeg ik. 'Wat voor Rowanda normaal is, hoeft voor jou niet normaal te zijn.'

'Proberen iemand in brand te steken is niet normaal,' besloot Bas.

'Dat zijn jouw woorden,' zei ik.

'Dat horen we jou niet zeggen,' riep Daan. 'Ik weet het. Iemand in brand steken is nooit normaal.'

'Ik vind het opwindend.'

Stilte.

Ze begrepen het niet. De passie waarmee Rowanda haar vriend in brand wilde steken, was dezelfde passie als waarmee ze mij kapotneukte. 'Je denkt je hele leven dat je seks hebt,' zei ik. 'Maar je hebt geen seks.' Ik keek op mijn telefoon. Het had zelfs niets met seks te maken. Wat Daan en Bas deden was een andere tak van sport. Ik had medelijden met ze.

Het was moeilijk om uit te leggen aan iemand die het gevoel niet kende. In Amerika wordt het omschreven met het woord 'umph'. Ik vroeg of Daan de groep Jagged Edge kende, van *Put a Little Umph In It*.

I love it when you grind on me
When you put it right on me
All the faces you make
All the sounds you create
When you put a little
When you put a little bit of umph in it
That's when I lose control

Jagged Edge komt uit Atlanta, in de Dirty South. Daan had nooit van ze gehoord. 'Hoe kom je aan al die theorieën?' vroeg hij. 'Je woont drie straten bij mij vandaan, maar jij bent de grote negerinnen-expert?'

Ik deed mijn telefoon open. Een Samsung G800, in het zwart. Het was een vernieuwd model van de telefoon die Rowanda had.

Toen ik vroeg of ik wat plaatjes mocht schieten voordat ze haar kleren aantrok, werd Rowanda boos. 'Je wil geen bief met mij,' schreeuwde ze. 'Ik zeg het je.'

De 95F's werden opgeborgen in de Hunkemöller-beha. 'Had je dat van tevoren bedacht?' vroeg Rowanda. 'Heb je speciaal een fototoestel meegenomen?'

Als ze rechtop stond, was goed te zien hoe indrukwekkend haar lichaam eruit zag. Het was enorm, vooral bij de borsten en de bil, en alles liep in een vloeiende lijn in elkaar over. Het hoorde zo, het was af.

'Nee nee.' Ik haalde de telefoon uit mijn broekzak. 'Even snel met m'n mobieltje.' Blote foto's maken met een telefoon is niet het werk van een krankzinnige maniak. Foto's maken met de telefoon is geinig en spontaan.

Ik moest beloven dat ik de foto's aan niemand zou laten zien. 'En niet liegen,' zei ze. 'Als ik erachter kom dat je liegt, dan kill ik je.'

'Laat die foto's zien.' Daan stak zijn hand uit, hij praatte alsof het een bevel was.

Hij bekeek ze een paar minuten en gaf de telefoon aan Bas. 'Kinky foto's.'

Bas vroeg, voor het eerst echt geïnteresseerd: 'Zou je haar omschrijven als een intellectueel?'

Ik pakte zijn aardbeiencocktail en dronk het glas leeg.

Daan pakte de telefoon terug. Hij vroeg of ik weleens nadacht over waar ik mee bezig was.

Daan had de gewoonte om jou een vraag te stellen, zodat hij zelf aan een heel verhaal kon beginnen. 'Je bent een spookrijder die denkt: hé, wat zijn er veel spookrijders. Zwarte wijven staan lager in de hiërarchie. Die kunnen we allemaal krijgen. Je verpest de markt. Met alle respect.' Wanneer mensen met alle respect zeggen, bedoelen ze eigenlijk: zonder enig respect.

Er was één ding dat Daan móést weten: had ik een preservatief gebruikt? 'Je gaat me niet vertellen dat je daar op safari ging en geen preservatief hebt gebruikt,' zei hij. 'Dat is niet wat je me nu gaat vertellen.'

Bas vroeg: 'Hoe is het nou, daar in Zuidoost?'

'Het is gezellig.' Ik pakte de telefoon uit Daans handen. 'Ik ga naar de verjaardag van Rowanda's broertje. En zij komt op de verjaardag van mijn moeder.'

Besloten avond

Wanneer de mensen in Oud-Zuid willen laten zien hoe gewoon ze zijn gebleven, bezoeken ze een restaurant dat Loetje heet. Loetje ligt op de grens van Oud-Zuid en de Pijp. Ze serveren een eerlijke biefstuk – niets meer, maar ook niets minder. Het interieur is dat van een bruin café. In Oud-Zuid wordt gezegd dat Loetje zo lekker normaal is, en typisch Amsterdams. De naam zegt het al: Loetje.

Rowanda lustte alleen Surinaams eten. En McDonald's. Haar devies luidde: 'Nederlands eten bestaat niet. Indonesisch is niet Hollands.'

'En stamppot dan?' vroeg ik.

Stamppot was geen echt eten, dat telde niet mee.

Rowanda en ik zaten bij Loetje. De middag had ze doorgebracht bij een kapster in haar flat. Het was een vrouw op de vijfde verdieping die beweerde dat ze een vluchteling was uit Sierra Leone. Volgens Rowanda kwam ze uit Nigeria of uit Ghana. Afrikanen waren altijd aan het liegen over uit welk land ze kwamen. Ze wilden niet worden teruggestuurd, dus ze kwamen allemaal uit Liberia of Darfur.

Rowanda's haar was in een tulband-achtige constructie om haar hoofd gewikkeld. Ik had er vijfendertig euro aan bijgedragen. Ze had beloofd: 'Ik ga sexy voor je dragen.' Dat betekende dat ze een nieuw zwart truitje had gekocht bij H&M. Het was strak en er stond geen tekst op.

Rowanda bezocht nooit restaurants. Dat was voor

bakra's. Bij Loetje zaten we met zijn tweeën aan een tafel voor vier. Ze vroeg: 'Wat gaat je moeder zeggen als ze mij ziet?'

'In je gezicht?' vroeg ik.

Rowanda zei dat ik niet zo stom moest doen.

'In je gezicht gaat ze niks zeggen. Dat is niet politiek correct.'

'Po-li-tiek cor-rect.' Ze praatte langzaam. 'Po-li-tiek cor-rect. Wat is dat?'

Ik zwaaide naar de ober van Loetje, die bij de tafel naast ons stond.

'Je moet niet tegen me liegen over je moeder.' Rowanda waarschuwde me. 'Ik hou niet van liegmannen.'

De ober vroeg aan de mensen bij de tafel naast ons of ze hier voor de eerste keer waren. Dat werd, met Brabants accent, bevestigd.

'Onze specialiteit bestaat uit twee dingen,' vertelde de ober. 'Biefstuk en...' Hij liet een korte stilte vallen. 'Biefstuk!'

Ze moesten allemaal lachen.

Aan ons vroeg de ober niet of we voor de eerste keer kwamen. Hij zei enkel: 'Konden jullie al een keuze maken?'

Rowanda wilde alleen weten of ze patat hadden. Dat hadden ze. Biefstuk met patat en sla. Dat namen we allebei. Ik bestelde een glas rode wijn, Rowanda een glas cola.

Nadat ze haar biefstuk voor de helft had opgegeten, vond Rowanda dat er geen smaak aan zat. Ze wilde weg. 'Is hier niks spannenders in de buurt?' vroeg ze.

Ik vermoedde dat Rowanda The Mansion spannender zou vinden. Dat was een cocktailbar annex loungebar annex hip Chinees restaurant. Het lag op de grens van

Oud-Zuid en het centrum, aan de rand van het Vondelpark.

Daan had me een keer meegenomen, op een dubbeldate met Esther en Naomi. Hij kende iemand die bij The Mansion achter de bar werkte. Het was tijdens de zomer waarin we waren geslaagd voor ons eindexamen. Ik zou Psychologie studeren, met Naomi. Alleen de inschrijfformulieren moest ik nog opsturen.

We dronken cocktails, namen hip Chinees eten en praatten over de studie waar we aan gingen beginnen. Met Naomi erbij voelde ik me veilig. Alles in mijn leven werd netjes geregeld. Als er iets mis ging, had ik de garantie dat het goed kwam. Dat is de verzekering waarmee je opgroeit in Oud-Zuid: alles wordt voor je geregeld, en als het verkeerd dreigt te gaan weet je dat er altijd een oplossing komt. Voor die verzekering moet je wel binnen de regels van de Oud-Zuid-organisatie blijven.

Rowanda en ik stonden achteraan. Voor de deur stond op een zwart kleed een rij van twintig mensen. De rij stond er niet omdat het binnen zo druk was, het was meer om duidelijk te maken dat het hier exclusief was.

Rowanda zag alleen maar bakra's. Ze vroeg: 'Gaan ze ons naar binnen laten?'

'Ik ben toch ook een bakra?' Ik sloeg mijn arm om Rowanda heen. 'Met Daan, een vriend van me, ben ik hier al een keer geweest.'

Een groep van zes hockeymeisjes ging naar binnen. Alle mensen uit de rij voor ons waren nu binnen. Rowanda en ik waren aan de beurt.

Bij de deur stond een blonde vrouw in een jurk waarop allemaal verschillende kleuren zaten, met daaroverheen

een spijkerjasje. Naast haar stond een Marokkaan in een smoking. Hij zag eruit als een kickbokser.

De vrouw zei: 'Hallo. Goedenavond.'

'Zo.' Dat was de Marokkaanse portier.

De vrouw bekeek een papier dat ze uit de zak van haar spijkerjas had gehaald. Ze concludeerde: 'Sorry, we zitten helemaal vol.'

'Besloten avond,' zei de Marokkaan.

Rowanda keek naar mij en ik keek naar haar. Ze zei niets. Ik vroeg aan de blonde vrouw: 'Al die mensen voor ons mochten er toch ook in?'

'Die stonden op de lijst.'

'Ik ben hier laatst geweest.' Het was de bedoeling dat dit zelfverzekerd klonk. 'Met Daan, een vriend van me. Toen mocht ik wel naar binnen.'

Het speet haar. Ze begon te praten met de mensen die achter ons in de rij stonden.

Ik vroeg aan de portier: 'Waarom mag ik vandaag niet naar binnen?'

'Zij zou misschien naar binnen mogen.' Hij wees naar Rowanda. 'Als ze met iemand anders was gekomen.'

Ik had Rowanda naar huis gebracht. We mochten niet naar de slaapkamer, omdat Rowanda's haar net was gedaan. 'Ik kan niet zweten.' Ze keek streng. 'Dan gaat mijn haar kapot. En ik ga zeker niet op mijn rug liggen.'

Ik vroeg hoe het dan zat met die vijfendertig euro.

Ze zou het later goedmaken.

Janine zat op de bank. *Goede Tijden, Slechte Tijden* stond aan.

Rowanda vertelde over de ober die grapjes maakte met de Brabantse mensen en niet met ons. Rowanda en Janine hadden familie in Tilburg, de mensen in het restaurant praatten net zo als de mensen die daar woonden.

'Je weet toch.' Janine moest zuchten. 'We zijn te gast. Het blijft hun land.' Het beste voorbeeld dat ze kende was Sinterklaas. Die zwarte pieten, met hun dikke rode lippen en grote gouden oorbellen – dat waren slaven. Slaven moesten ook kettingen dragen en gekke dansjes doen. Een hoofdpiet had je ook bij de slaven. Zwarte piet was niet zwart doordat hij uit de schoorsteen kwam.

Janine zette een videoband aan van een uitzending van Oprah Winfrey. Het ging over kindermishandeling in Texas.

'Kijk je weer?' vroeg Rowanda. 'Die heb ik vanmiddag al gezien.'

Janine zei: 'Zooo, wat erg. Die man heeft al tien kinderen uit de buurt verkracht. En hij gaat gewoon door. De politie doet niets.'

'Ja, wat erg hè,' vond Rowanda. 'Dan ben je toch niet normaal?'

'Die mensen zijn ziek,' zei Janine. 'Ik vind het erg voor die kinderen. En voor die families.'

Ik vond het erg voor de kinderen in Texas, maar ik was niet in staat om me op te winden over een tv-uitzending van Oprah Winfrey.

Janine zette de videoband op pauze. 'Heb je Rowanda al verwend?' vroeg ze. Het gezicht van Oprah zag er raar uit in de pauze-stand.

Ik zei niets.

Ik mocht Rowanda best een keer verwennen, ik moest blij zijn dat zij zich opofferde om in Nederland bij mij te blijven. Dit was haar land niet, ze wilde liever in Suriname zijn, maar speciaal voor mij bleef ze hier.

Rowanda zei: 'Laten we naar m'n kamer gaan.'

Op de kamer pakte ze een rood met gele doek die aan het bed was geknoopt, om haar haar mee te bedekken. 'We gaan echt niets doen hoor.' Ze zette de tv aan, boven op een kledingkast. *Goede Tijden, Slechte Tijden*. Ik ging op huis aan.

MAART

Je weet toch

Clifton zette zijn groene Heinekenflesje op de grond. Hij had zijn handen nodig bij het verhaal dat hij nu ging vertellen. 'Check deze tori,' kondigde hij aan. 'Je gaat lachen.'

Op de verjaardag van Clifton stonden alle mannen op het balkon. Zijn broers, zijn neven, en ik, de nieuwe aangetrouwde familie. De vrouwen waren binnen aan het koken.

Het verhaal ging over hoe Clifton met zijn matties op het plein in Poortje zat, daar bij de Kip Corner. Hij ging ze zeggen over de tanga die hij had gebald. 'Je weet toch, Sandra.' Clifton bewoog zijn heupen alsof hij op dit moment aan het ballen was.

'Ik zeg ze alles.' Clifton had verteld hoe ze doggystijl deden, hoe hij op haar bil klapte, hoe hij Sandra boven op zette – hij zei het hele verhaal. 'Kom ik bij het deel dat Sandra me gaat likken, word ik gebeld. De telefoon was in m'n zak. Germaine.'

De vriendin van Clifton heette Germaine. Vandaag moest ze van Clifton de hele dag in de keuken blijven, omdat ze niet goed Surinaams kon koken. Germaines moeder was blank.

'Ze had alles gehoord, wat ik aan mijn vrienden zei. Ik had die telefoon niet gelockt, had-ie het laatste nummer gedraaid dat ik had gebeld. Ze was bóós.'

Alle familieleden van Clifton moesten hard lachen. Alleen Ryan niet, de zoon van de zus van Janine. 'Hoe vaak moet ik het je zeggen?' Hij zette zijn groene flesje op de grond, zodat zijn handen vrij waren. 'Je moet altijd alles checken. Alles. Altijd.'

Nieuwe seks-sms gehad? Meteen wissen. De nummers in je telefoon? Altijd op achternaam opslaan, nooit op voornaam. Voicemail gehad van je buitenvrouw? Meteen wissen. Laatst gebelde nummers op je telefoon? Meteen wissen. MSN-contactenlijst? Moet je er twee van hebben. Eentje die je vrouw kan zien, eentje voor je buitens. Bitches checken alles. De e-mail die je stuurt als ze niet thuis is, of de striptease die je schatje voor je doet op de webcam – ze kunnen alles vinden.

'Weet je wat ik ook een keer vergeten was?' vroeg Clifton. 'Op dat scherm van mijn telefoon had ik een foto van Germaine, als achtergrond. Ik ging het nummer van een vrouwspersoon in mijn telefoon zetten. Die vrouwspersoon vroeg wie dat was, op die telefoon. Als je vrouw weg is, moet je een andere foto zetten.'

Ryan pakte een telefoon uit zijn zak, schoof hem open en keek op het scherm. 'Goeie tip,' zei hij. 'Had ik niet aan gedacht.'

'Als je naar je vrouw gaat, moet je niet vergeten om haar foto terug te zetten,' waarschuwde Clifton. 'Het gaat om die *details*.' Hij sprak het woord details uit op z'n Engels.

Ryan beloofde dat hij het niet zou vergeten.

'Weet je wat je ook met je telefoon kan doen?' Clifton pakte zijn Nokia 6101 en liet op een piepklein scherm zien hoe hij een meisje van achteren had gefilmd. Ze was vanaf haar middel in beeld, zonder kleren aan. Iedereen op het balkon stond om de telefoon heen.

'Heb ik met de foon gemaakt terwijl we aan het ballen waren,' zei Clifton. 'Toen ik doggystijl deed met Sandra. Kijk hoe groot die bil is.'

Bij het filmpje zat geluid. Bijvoorbeeld toen Sandra haar hoofd omdraaide. 'Wat doe je?' riep ze. 'Ga je me filmen? Ben je gek?' Dat was het punt waarop de opname werd afgebroken.

Clifton deed de telefoon in zijn zak. We stapten allemaal snel naar achteren. De vrouw van Ryan, die Ivette heette, deed de balkondeur open. Behalve Clifton en ik was Ryan de enige man die een vrouw bij zich had. Ryan en Ivette hadden twee kinderen.

'Kom dansen Ryan.' Ivette was streng. Uit de woonkamer kwam muziek van Sean Paul, ik zag de vrouwen bubbelende bewegingen maken.

'Waarom ga ik dansen?' Ryan lachte, voor het eerst. 'Ik heb al een vrouw hier.'

Ivette keek Ryan tien seconden aan. 'Oké, forget you.' Ze veranderde haar gezicht naar een meer vriendelijke uitdrukking. 'Kom jij dan, David?' vroeg ze. 'Laat eens zien wat je hebt.'

Ik wilde gaan. Echt. Ik wilde laten zien wat ik had, en een gebaar van toenadering maken.

'Nee, dank je Ivette,' zei ik. 'Ik kom zo.'

'Wat zeg je?' Clifton schreeuwde. 'Fok jou.'

'No span.' Ryan hield zijn handen omhoog, alsof hij zich wilde verontschuldigen. 'Ik vroeg of je Sandra blij had gemaakt met je tong. Is dat zo erg?'

Clifton stond als een bokser, hij begon bewegingen met zijn vuisten te maken. 'Ik zeg het je Ryan, maak geen grappen met me.'

'Wat is er zo erg? We hebben het toch allemaal weleens gedaan?' Ryan keek naar mij. 'Heb jij Rowanda geen orale service gegeven?'

'Eh... ja?' vroeg ik. 'Zo begint het toch meestal? Eerst knuffelen, en dan warm ik haar op met m'n tong.'

Clifton liet zijn vuisten zakken, Ryan begon te lachen. Binnen een seconde lachte iedereen op het balkon.

Ryan brulde: 'Knuffelen?'

Clifton riep: 'Ik warm haar op met m'n tong?' Binnen stopten de vrouwen met dansen, om te kijken wat er buiten aan de hand was.

'Je weet toch.' Ryan legde zijn hand op mijn schouder. 'Een man geeft geen oraal. Het is vernederend.'

'Niemand doet het,' riep Clifton. 'En als ik het zou doen, ging ik het no way zeggen.'

Ryan vroeg: 'Je gaat toch niet zeggen dat Rowanda je enige vrouw is?'

Op het balkon keken ze allemaal naar mij. Het kon een strikvraag zijn. Als ik stoer zou doen door te jokken, werden ze dan allemaal boos en zouden ze me van het balkon gooien omdat ik hun zus dan wel nicht liep te bedriegen? Of moest ik de waarheid vertellen, met als gevolg dat ik het mietje van de familie werd?

Ik zei dat Rowanda mijn enige vrouw was.

Het hele balkon begon te lachen, nog harder dan ze hadden gedaan na mijn orale seksbekentenis.

'Wij gaan een keer samen op stap,' beloofde Ryan.

Ivette deed de deur van het balkon open. Iedereen werd stil. 'Waren jullie over vieze dingen aan het praten?' vroeg ze. 'Kan het nooit over iets anders gaan? Kom binnen, het eten is klaar.'

Iedereen rende naar binnen. Door de hele woonkamer zaten vrouwen met borden op schoot. Op de borden lag rijst, kip en groente. De mannen pakten een bord en schepten op voor zichzelf.

Ik zat naast Rowanda op de bank, Ryan zat tegenover ons. Ik vroeg wat hij deed, in het dagelijks leven.

Rowanda deed alsof ik gek was geworden. 'We zijn op

de verjaardag van mijn broertje,' zei ze. 'Hier doen we geen wittemanpraat.'

Ik beloofde dat ik het niet meer zou doen.

'Ik hoop dat je doet wat je belooft,' zei Rowanda. 'Ik hou niet van liegmannen.'

Op de kabula party had ik aan Rowanda verteld dat mijn vader de baas was van een actualiteitenprogramma op de televisie. In Oud-Zuid maakt dat indruk op de mensen.

Rowanda vroeg wat dat betekende, een actualiteitenprogramma op de televisie.

De telefoon van Cristina ging af, op de melodie van *Gasolina*, van Daddy Yankee.

Rowanda riep: 'Ai, heb je een nieuwe ringtone?'

'Het is het enige fatsoenlijke programma op de vaderlandse televisie,' zei ik.

Rowanda stelde vast: 'Spang, die Gasolina.'

Het was elf uur. Ryan ging naar huis, hij woonde twee flats verder. Ivette bleef. Op de gang zei Ryan zachtjes: 'Ik heb hier een chickie zitten op de derde verdieping. Ik ga even buurten.'

Ik pakte mijn telefoon om Ryans nummer op te slaan. 1 Nieuw sms-bericht. Van NAOMI, ontvangen om 22.37 uur:

HOE IS JE WEEKEND? VAST WELTERUSTEN VOOR STRAKS.

Ik kon niet antwoorden. Ik had net geleerd dat ik sms meteen moest wissen. Ik voelde me schuldig.

Davids dagboek:
Het universele schoonheidsideaal

Dit is de overeenkomst: over de hele wereld wil iedereen lichtbruin zijn.

Witte mensen gaan op vakantie naar de zon om bruin te worden, ze liggen onder machines die ze bruin moeten maken en ze smeren crèmes over hun lichamen om te zorgen dat die extra bruin worden. Voor witte mensen staat lichtbruin voor: gezond en succesvol. Als ze kijken naar zwarte mensen, bestaat er voor blanken geen verschil tussen lichtbruin of donkerbruin. Zwart is zwart.

Afrikaanse vrouwen smeren bleekmiddel op hun gezicht om lichtbruin te worden. Van de Amerika's tot Afrika tot Europa tot India – overal waar gekleurde mensen zijn, geldt dezelfde regel: hoe lichter, hoe beter. Lichtbruine mensen zijn mooier, rijker en meer gewild. Donkerbruin of zwart betekent: lelijk en arm. Blanke mensen zien het van elkaar als ze bruin zijn geworden in de zon. Ze zeggen dat je een lekker kleurtje hebt gekregen. Zwarte mensen zien het verschil niet. Wit is wit.

Dit is het verschil: de vrouwenbil.

Blanken vinden een dikke vrouwenbil het lelijkste wat er bestaat. Witte vrouwen gaan liever dood dan dat ze dikke billen hebben.

Zwarte mensen kunnen zich niet voorstellen hoe iemand een vrouw zonder bil aantrekkelijk kan vinden. Zwarte vrouwen gaan liever dood dan dat ze een platte bil hebben.

Nog een verschil: een zwarte vrouwenbil wordt horizontaal dik, oftewel naar achteren, een witte vrouwenbil in verticale richting, oftewel naar beneden.

Blanken gaan er vanuit dat het westerse schoonheidsideaal geldt over de hele wereld. Ze geloven niet dat er witte mensen bestaan die daar vrijwillig van afwijken. Nadat je een uur lang hebt verteld dat het echt waar is, denken ze nog steeds dat je ze voor de gek houdt. Ze zeggen: een negerin met dikke billen is makkelijk, dan heb je het rijk alleen. Ze beseffen niet dat een negerin met dikke billen honderd keer per dag wordt aangesproken. Door negers.

Confessions

Het was donderdagavond, ik keek naar een dvd van *The Apprentice*, met Donald Trump. Het tweede seizoen. Misschien was Economie een geschikte studie.

Op de computer hoorde ik het MSN-geluid. Ryan en ik hadden hotmail-adressen uitgewisseld.

BigRyan zegt:
wat is hier
David zegt:
alles goed, en met jou?
BigRyan zegt:
rustig rustig
BigRyan zegt:
ga we nog uit?
David zegt:
lijkt me leuk, wanneer?
BigRyan zegt:
morgen grand cafe
David zegt:
ik ben morgen bij rowanda
BigRyan zegt:
ok
BigRyan zegt:
kom je daar halen
David zegt:
ik weet niet of Rowanda dat goed vindt
BigRyan zegt:

ik weet niet of Rowanda dat goed vindt
BigRyan zegt:
hoor je wat je zeg?
BigRyan zegt:
wie is de boss?
David zegt:
ik weet niet
David zegt:
ik?
BigRyan zegt:
dus dat
BigRyan zegt:
wou je leren hoe je moet playen
BigRyan zegt:
of niet?
David zegt:
ok, zie je morgen
BigRyan zegt:
nou dan

In de slaapkamer was Rowanda met haar nichtjes en met Cristina 'haar' aan het doen. De nichtjes van Rowanda heetten Michelle en Noel. Noel was geboren op kerstavond. Rowanda's haar bestond vandaag uit lange dunne vlechtjes, die werden gestraight. De sessie was om vier uur 's middags begonnen. Het was bijna middernacht.

Toen ik aanbelde was het half elf. Rowanda vroeg of ik cola wilde drinken, of Fanta of Fernandes. In de keuken deed ze de ijskast open. 'Er is ook kip, als je wil,' zei ze.

Ik hoefde geen kip.

'Gisteren vroeg ma of ik jou vertrouwde.' Het hoofd van Rowanda ging even om de hoek, naar de woonkamer, om te zien of ze haar in de slaapkamer konden horen.

'Ik zei dat ik je vertrouw.' Ze herhaalde het twee keer: 'Ik zei tegen haar dat ik je vertrouw. Ik vertrouw je.'

Ryan en ik zaten in de woonkamer. In de kamer van Rowanda werd geluisterd naar *Confessions*, de cd van Usher. Tijdens een rustig nummer, de ontroerende ballad *Superstar*, waarin Usher zingt over de relatie met zijn fans, stond de muziek zo zacht dat ik Cristina hoorde vragen: 'Hoe is het nou, met een bakra?'

Ik hoorde dat Rowanda zei: 'De eerste keer vond ik het spannend. Maar het is hetzelfde. In het donker zie je geen verschil.'

Iemand anders, volgens mij Michelle, vroeg: 'En die tollie? Is die echt kleiner?'

Rowanda begon te lachen, Ryan keek mij aan. We hoorden Rowanda vertellen: 'Als-ie stijf wordt, is het bijna hetzelfde. Een beetje kleiner maar. Als-ie slap is, wordt het écht kleiner.' Ze moesten allevier lachen, het klonk alsof ze high fives uitwisselden.

Na de high fives vroeg Cristina: 'Heb je opgegeven? Denk je dat je geen black man meer kan vinden?'

Noel riep: 'Je bent overgestapt hè Ro. Je wil niet meer bij ons horen.'

Het was even stil, ik kon niet horen wat ze aan het doen waren. Tot Rowanda zei: 'Ik ben niet overgestapt. Dit is beter voor mij. Ik kan niet meer tegen liegmannen. Zwarte mannen liegen te veel.'

'Kan beter zijn.' Cristina moest lachen, de rest ook. 'Maar ik ga geen blanka nemen. Ik vind het creepy.'

Ryan stond op. 'Hoor je dat? Hoor je hoe ze over je praten? We gaan naar Grand Café.'

Hij liep de kamer van Rowanda in, met mij achter hem aan. 'David en ik gaan wat drinken,' meldde Ryan.

Rowanda stond op en kwam me een zoen geven. 'Ik ben nog even bezig met m'n haar.' Aan Ryan vroeg ze: 'Pas je goed op hem? Laat niets met hem gebeuren.'

Ik zwaaide naar Cristina en de nichtjes.

Ryan reed in een rode opgevoerde Toyota Starlet met een paar fluwelen zwart-witte dobbelstenen aan de achteruitkijkspiegel. Naast de auto stonden drie mannen met elkaar te praten, in Engels met zwaar accent. Ze droegen baarden en een beetje gedateerde spijkerbroeken, met daarboven wollen truien in veel felle kleuren. 'Fok it,' zei Ryan. 'Ghanezen nemen de Bijlmer over.'

Een minuut eerder had hij dat ook al gezegd, toen we beneden de lift uitstapten. Hij riep: 'Pas op!' – en duwde me opzij. Een vuilniszak viel op de grond. Op de galerij van de zesde verdieping keek een jongetje van een jaar of twaalf over de rand.

'Zo doen ze in Afrika,' zei Ryan. 'Het zijn dieren.'

Voor het instappen bleef hij even stilstaan naast de Toyota, om te vertellen: 'Als banga's deze auto zien, gaan de slippies meteen naar beneden.'

Na het starten van de auto klonk Arabische rap, op heel hard volume. 'Fokking FunX,' riep Ryan. 'Stap ik uit de auto, draaien ze R&B. Stap ik in, is het Marokkanen-muziek.'

Hallo Rawana

'Ik zal het even uitleggen.' Mijn moeder stond achter de witte Jan des Bouvrie-tafel, die vol stond met eten dat ze had gekookt voor haar verjaardag. Aan de andere kant van de tafel stonden de zogenaamde vrienden van mijn ouders, onder wie de hoofdredacteur van de kwaliteitskrant, de beroemde columnist, en Bas en Daan, met hun ouders en hun verkeringen.

'Dit zijn de flensjes met eendenlever en crème fraîche,' begon mijn moeder. 'Daarvan mag iedereen er twee pakken.' Ze legde nog twintig gerechten uit.

Na vijf minuten zei ze: 'Hier zijn de borden en het bestek. En vergeet niet een servetje te pakken.' Mijn vader ontkurkte, met een zachte plop, de eerste fles Piper Heidsieck.

Iedereen ging eten pakken en met elkaar praten. Rowanda en ik pakten geen eten, niemand kwam met ons praten. Tot de beroemde columnist vroeg, met een glas in zijn hand: 'Dus dit is Rowanda?'

'Dit is Rowanda,' bevestigde ik.

'Je moeder heeft me over haar verteld.' Hij hield, net iets te lang, haar arm vast. 'Wat doet Rowanda voor de kost?' Ik wees naar Rowanda. 'Het kan zelf praten. Vraag het aan haar.'

De beroemde columnist keek naar Rowanda, net te lang, en vroeg: 'Wat doe je voor de kost?'

'Wat doe ik voor de kost?' zei Rowanda. 'Wat doe jij voor de kost? Dat vraag ik toch ook niet.'

'Dus jij weet niet wie ik ben?' De beroemde columnist verwachtte dat Rowanda serieus antwoord zou geven op deze vraag.

Rowanda nam een slok champagne. Ze vroeg of mijn moeder ook patat had gemaakt.

We waren samen gearriveerd bij mijn ouders. Na de verjaardag van Clifton had ik bij Rowanda geslapen, voor het eerst. Terwijl ik plaste, poetste Rowanda haar tanden voor het slapen gaan. Ik hield 'm niet vast bij het plassen.

Ze vroeg: 'Waarom hou je 'm niet vast? Een man moet 'm vasthouden.'

Ik zei dat ik 'm niet vasthield.

Rowanda pakte mijn hand en hield die tegen 'm aan. 'En nu hou je 'm wel vast.'

Zonder kleren aan lagen we op bed. Rowanda boven, ik onder, met mijn hoofd tussen haar borsten heen en weer schuddend. Ik pakte haar schouders en duwde ze zachtjes naar beneden, zoals zij een paar dagen eerder met mijn hoofd had gedaan. Rowanda liet haar schouders niet naar beneden duwen. Ze vroeg: 'Wat denk je dat je aan het doen bent?'

'Wat denk ik dat ik aan het doen ben?' herhaalde ik. 'Ik dacht dat we verkering hadden.'

Rowanda lag niet meer boven op me, ze was opgestaan. 'Als je denkt dat ik aan je tollie ga sucken ben je gek,' schreeuwde ze.

Ik vroeg: 'We hebben geslachtsgemeenschap gehad, zonder preservatief, maar je doet niet aan fellatio?'

'Nee!' riep Rowanda. 'Het is vernederend.'

Ik vroeg waarom ze fellatio intiemer vond dan geslachtsgemeenschap.

'Waar praat je over?' Rowanda schreeuwde nog steeds. 'Geslachtsgemeenschap, preservatief, fellatio? Wat is dat? Ik stop het niet in mijn mond. Daar eet ik mee.'

Ze begon te dansen, en te zingen.

My neck, my back
Lick my pussy and my crack

'Ken je Khia niet?' vroeg ze. '*My Neck, My Back*? Met die clip in de tuin?' Ze zong verder.

First you gotta put your neck into it
Don't stop, just do, do it
Then you roll your tongue, from the crack back to the front
then suck it off til I shake and come nigger
make sure I keep bustin' nuts nigger
all over your face and stuff

'Zo gaat dat,' legde Rowanda uit. 'Jij gaat mij likken, zodat ik kan komen.'

Ik zat op bed. 'Je neef zei dat zij het niet deden, maar jullie wel.'

Ze bleef naast het bed staan. 'Moet ik je alles uitleggen? Zwarte mannen doen het en ze jokken erover. Ik doe het echt niet.'

Ik was wakker geworden van geschreeuw aan de andere kant van het raam. Rowanda's kamer lag aan de galerij. Het klonk alsof er werd gevochten. Toen ik het gordijn opzij deed, stond er een groep mannen. Ze zagen eruit als de Ghanezen in gekleurde truien.

Ik duwde tegen Rowanda's hoofd. Ze bleef slapen. Ik

vroeg of zij het niet hoorde, en wat we moesten doen. Op de galerij schreeuwden ze zo hard dat het leek of ze bij ons in de kamer stonden. Van Rowanda moest ik slapen, zij zou echt niet wakker worden. Ik bleef liggen, maar het lawaai hield niet op.

Buiten de deur, in het huis zelf, waren Clifton en Delano aan het schreeuwen. Het ging over de vorige avond. Ze waren bij een café in Ganzenhoef gaan souldansen, daar hadden ze vrouwspersonen ontmoet.

Clifton zei dat hij buiten op het parkeerterrein, achter een auto, had toegeslagen.

Delano geloofde het niet.

Ik probeerde te luisteren – was er iemand in de badkamer? Ik wilde onder de douche. Eerst moest Delano baden, daarna Clifton. Een uur later hoorde ik ze in de woonkamer de Xbox 360 aanzetten. Ik pakte een handdoek die over de verwarming hing. De handdoek was zo versleten dat je je er bijna niet mee kon afdrogen.

Sluipend liep ik naar de badkamer. Er zat niet echt verf meer op de muur, je kon de bakstenen zien. Na het douchen lag ik met mijn kleren aan op bed naast Rowanda. Ik keek naar het plafond. De Ghanezen bleven buiten, Clifton en Delano bleven binnen.

Bij Naomi thuis was er nooit geschreeuw. Ze had haar eigen badkamer, met verf aan de muur en een ligbad met whirlpool van twee meter lang. 's Ochtends was er niemand in de keuken. Alleen geperste jus d'orange, en verse croissants en bagels op een groot bord. Ze hadden zo'n grote Amerikaanse ijskast die zelf ijsblokjes maakte. Eén muur van de keuken bestond bijna helemaal uit glas, zodat je het gevoel kreeg dat je in de tuin zat.

Even dacht ik: wat doe ik hier? Waarom zit ik tussen

schreeuwende mensen aan alle kanten? Twee uur later werd Rowanda wakker. Ik had honger. Rowanda zei dat ik niet moest zeuren, ze ging eten voor me maken.

Ik vroeg of ze wit brood at of bruin brood.

'Wat bedoel je, brood?' zei ze. 'Ik eet geen brood.'

Ik vroeg wat ze dan at 's ochtends.

'Wat denk je? Je weet toch.'

Ik wist niet.

'Wat hebben we gisteren gegeten?'

Ik noemde wat dingen die we gisteravond hadden gegeten.

'Dat is wat ik ga eten. Hier gooien we geen eten weg. Met je alleen maar nette mensen.'

Het festijn was in voorbereiding. Mijn vader was cd's aan het uitzoeken. 'Wat denk je?' vroeg hij aan mij. 'De Buena Vista Social Club of Frank Sinatra?'

Mijn moeder stond in de keuken. 'Dit is Rowanda,' meldde ik. 'Ze kan ook goed koken.'

'Hallo Rawana,' zei mijn moeder. Ze keek snel naar Rowanda. 'Ga zitten, ik kom zo.'

Mijn vader zat op de bank in de woonkamer. 'Kom er lekker bij zitten,' riep hij naar de keuken. Op de Jan des Bouvrie-tafel stond in een koeler een fles Chardonnay die half leeg was. Rowanda en ik gingen op de chaise longue zitten.

'Zo Rowanda,' vroeg mijn vader. 'Wat doet je vader?'

Mijn moeder was er bij komen staan. 'Spreek jij Surinaams?' vroeg ze. 'Ik vind het zo'n mooie taal. Ze noemen het Sranan. Jammer dat ik het niet kan verstaan.'

'Mooi huis hebben jullie,' zei Rowanda. 'Toch wel.' Ze wees naar de boekenkast. 'Heb je al die boeken gelezen?' vroeg ze aan mijn vader.

Hij zei niets, mijn vader keek alleen verbaasd. Eerst naar de boekenkast, daarna naar Rowanda.

Rowanda begreep niet waarom iemand een kast met boeken in de woonkamer zette. Ze kon zich niet voorstellen dat je al die boeken nog een keer zou lezen, alsof het een cd was die je vaker dan één keer draaide. Of was het om te laten zien hoeveel boeken je had gelezen? 'Ik hou niet van boekenmensen,' stelde ze vast. 'Boekenmensen zijn saaie mensen.'

Mijn moeder tikte op mijn schouder. Ze vroeg of ik even meeliep naar de keuken. Anders tikte ze nooit op mijn schouder.

'Ik heb je al zo lang niet gezien,' zei ze in de keuken. 'Hoe gaat het met je?'

Het ging goed.

'Ik wil niets slechts zeggen.' Ze begon zachter te praten. 'Maar is Rawana van hetzelfde intellectuele niveau als jij?' Ze had Naomi willen uitnodigen voor haar verjaardag, maar het leek haar beter van niet.

Ik pakte een canapé met brie en cranberry en zei dat alles onder controle was.

'Alles onder controle?' Mijn moeder gaf een klap op mijn hand omdat ik nog een canapé probeerde te pakken. Was dat alles wat ik kon vertellen? Hoe liep het met de studie?

Ik nam een bruschetta met tapenade en ansjovis. 'Goed hoor,' zei ik. 'Ik maak progressie.'

'En hoe gaat het bij dokter Bornstein, maak je daar progressie?' Ik wist dat ze zou gaan zeuren. 'Het wordt tijd dat je een keer volwassen wordt. Je moet iets gaan doen.'

Mijn moeder schaamde zich als mensen vroegen waar ik mee bezig was. Ik was hun enige kind en het begon pijnlijk te worden. Alle kinderen van hun vrienden zaten op de universiteit. Ik moest begrijpen dat het niet makkelijk voor ze was om te zien hoe mensen reageerden als het over mij ging.

'Denk niet dat ik een grapje maak,' zei mijn moeder. 'Je weet hoe het is afgelopen met de speedboot.'

Het speedboot-incident was ik niet vergeten. Drie maanden voor mijn eindexamen op het Barlaeus Gymnasium stond ik er niet goed voor. Mijn gemiddelde cijfer was minder dan een zeven-en-een-half. Een zogenaamde vriend uit het opiniemakersoverleg van mijn vader, de invloedrijke tv-producent, had een speedboot te koop.

In de tuin van de invloedrijke tv-producent, aan de Vinkeveense plassen, dronken we witte wijn. 'Een eenvoudige Chablis,' aldus de invloedrijke tv-producent.

Mijn vader beloofde: 'Als jij op je eindlijst gemiddeld hoger dan een acht haalt, koop ik die speedboot voor je.'

Hij keek de tafel rond. 'Je weet dat ik op mijn eindlijst van het gymnasium gemiddeld een negen-en-een-half had.' Mijn vader had de hoogste cijfers gehaald uit de geschiedenis van zijn middelbare school. Een paar jaar geleden was hij terug geweest op die school, voor een tv-documentaire. Het record stond nog steeds.

Het was een mooie speedboot, van het merk Bayliner, die nog steeds ligt aangemeerd in de achtertuin van de invloedrijke tv-producent. Ik was uitgekomen op een 7,6 gemiddeld.

Dus dat

Mijn ouders hadden een fles Piper Heidsieck meegenomen voor de moeder van Rowanda. Janine bekeek de fles en zette die, nog in de cadeauverpakking, op de keukenvloer, tussen een paar lege colaflessen.

In de auto had mijn moeder gezegd dat ze weleens in Zuidoost was geweest, alleen niet in dit deel. Mijn vader zei niets, hij keek uit het raam.

'Daar links heb je Poortje, dat is het winkelcentrum.' Ik wees naar links. 'En hierachter is de Amsterdam Arena.' Ik wees naar rechts. 'Die kennen jullie toch wel, het voetbalstadion?'

Rowanda deed de deur open. 'Hallo.' Ze was aan de telefoon. 'Ik kom zo.'

In de woonkamer keken Clifton en Delano even om. 'What's up,' riepen ze. Ze bleven *Halo 3* spelen.

Janine kwam uit de keuken, gaf mijn ouders een hand, en zei: 'Ik kom zo.'

Tyrell en Chanel logeerden bij hun tante.

Mijn ouders bleven in de woonkamer staan. Ze keken om zich heen. 'Wordt er niet een glaasje ingeschonken?' Mijn moeder fluisterde. 'Wat moeten we doen?'

'We gaan zitten.' Ik maakte de rondleiding door het stadsdeel af. 'Ze zijn hier wat informeler.'

Mijn ouders zaten op de bank naast die van Clifton en Delano. Het was niet zo'n grote bank, ze pasten er net op met z'n tweeën. Ik stond tussen de twee banken in. We luisterden naar het geluid van *Halo 3*.

'Het eten is bijna klaar,' riep Rowanda uit de keuken. 'Hebben jullie honger?'

Het bleef stil. Ik riep terug dat we honger hadden.

Het was weer stil. Totdat Rowanda en Janine de pannen op tafel zetten, naast een stapel borden. Daarnaast lagen door elkaar wat vorken, lepels en messen. Ook stonden er een fles cola, een fles Fanta, en een paar glazen.

Mijn moeder onderzocht het eten. 'Hoe heet dit gerecht?' vroeg ze.

'Rijst,' zei Janine. 'Met kip en groente.'

'Maar hoe heet het?' vroeg mijn moeder.

'Rijst. Met kip en groente,' zei Janine.

'Wie gaat waar zitten?' vroeg mijn moeder aan mijn vader. 'David naast Rowana en ik naast jou?'

Niemand luisterde. Ze vroeg, nu rechtstreeks aan mij: 'Wie gaat waar zitten?'

'We zitten niet aan tafel,' zei ik. 'We eten op de bank.'

'En wat gaan we drinken?' vroeg mijn moeder. 'Het zal wel pittig zijn. Ik denk dat we wit moeten drinken.'

Mijn vader keek even naar de ingepakte fles Piper Heidsieck, die in de keuken op de grond stond. Ik schonk twee glazen Fanta voor ze in.

Bij het eten werd het stil. Ik had nog niet eerder gehoord dat het stil was bij Rowanda thuis. De Xbox 360 was uit, de tv stond aan, zonder geluid. Een datingshow op MTV.

'Is dat een Surinaamse gewoonte?' vroeg mijn moeder. 'Om te eten bij de televisie?'

'Je moet toch eten,' zei Rowanda. 'Dus dat.'

Ze eindigde vaak een zin door te zeggen: 'Dus dat.' Toen ik een keer vroeg wat dus dat betekende, zei Rowanda dat ik niet altijd zo moeilijk moest doen.

Nadat mijn vader zijn hele bord eten over de bank had gegooid zei mijn moeder: 'Sorry. Michaël is niet gewend om met het bord op schoot te eten.'

Mijn vader veegde zijn broek af – een witte spijkerbroek van Ralph Lauren, de week ervoor gekocht – en zei zachtjes: 'Godverdomme.'

Janine en Rowanda discussieerden over de vraag welke beter is: Burger King of McDonald's? 'Een Whopper is fresher,' vond Janine. 'Je proeft dat-ie net is gemaakt.'

'Hoe lang wonen jullie hier al?' vroeg mijn moeder.

'In deze flat?' vroeg Janine. 'Zeven jaar.'

Rowanda zei: 'Burger King is vet. Maar ik vind de Big Mac de beste burger. Daarvoor blijf ik naar de Mac gaan.'

'En, bevalt het?' vroeg mijn moeder.

'Toch wel,' vond Janine. 'Het is een huis, wat moet je er over zeggen?'

Ze praatte verder met Rowanda. 'Een Big Mac is nep. Je proeft de fabriek.'

'En die patat dan?' vroeg Rowanda. 'De Mac heeft de beste patat.'

Het is kwart over drie

Het was één uur. Grand Café Het Vervolg was leeg. Het Vervolg is vlak bij de Arena, achter de Heineken Music Hall. Binnen vijfhonderd meter zijn er kantoren van Fortis, ING en Telfort. Dat zijn de mensen die overdag komen lunchen in Het Vervolg. De kantoorgebouwen staan aan de ene kant van station Bijlmer. Aan de andere kant ligt De Amsterdamse Poort. De mensen van de kantoren blijven aan hun kant van het spoor.

Overdag heet het etablissement Het Vervolg, met als soortnaam grand café ervoor. 's Avonds staat dezelfde plek bekend als Grand Café. Meestal komen er alleen Afrikanen, soms ook Surinamers en Antillianen. Geen wittemensen. De hoofdingang wordt 's avonds niet gebruikt. Dan moet je aan de achterkant van het gebouw naar binnen. Daar staat een metaaldetector waar iedereen doorheen moet.

Aan de bar had Ryan een fles rum gekocht. In Grand Café was je een loser als er niet een fles sterke drank op tafel stond. We kochten er steeds glazen cola bij.

'Ik heb weleens tien buitenvrouwen gehad,' zei Ryan. 'Dat is te veel. Twee of drie is goed.' Ik moest nooit vergeten dat een bijvrouw voor erbij is. Ze zijn niet bedoeld om verliefd op te worden, of kinderen bij te maken. Buitens moeten om de paar maanden worden vervangen.

Ik vroeg hoe het zat met cunnilingus.

'Aan een pussy likken?' vroeg Ryan. 'Nooit doen. Misschien een keer bij je eigen vrouw. Als je het doet –

altijd ontkennen.' Ryan stond op. Moest hij me alles uitleggen? 'Zwarte vrouwen doen het. Zij jokken er over. Ik doe het echt niet.'

Het was half drie toen ik haar zag. Het was druk geworden, ze draaiden Afrikaanse muziek. Ze stond vlakbij, met kort roodgeverfd haar, geel shirt met een blote buik, cup 90E dacht ik, strakke tijgerprintbroek, en veel goud om haar nek, op haar tanden en door haar neus.

Ik wees haar aan.

'Ze danst ruw,' zei Ryan. 'Die is Antilliaans. Ze zal niet slim zijn. Maar als je het lekker vindt, moet je toeslaan.'

Hij riep: 'Hé Anti.'

'Ja?' Ze keek boos. 'Suri?'

'Mijn kameraad wil met je kennis maken.' Ryan wees mijn kant op.

'Dag schoonheid,' zei ik. 'Ik ben David. Wie ben jij?' Ik had bedacht dat ik dat een geschikte openingszin vond.

'Wie ik?' Ze veegde zweet van haar voorhoofd. 'Ze noemen mij Alessandra. Ga je een drankje voor me halen? Ik drink whisky, met veel ijs.'

Ryan en ik liepen naar de bar. 'Wel een condoom gebruiken,' waarschuwde hij. 'Altijd bij Anti's.'

'Ik ken haar één minuut.'

Hij schudde zijn hoofd. 'Hoeveel Hollanders zie je?'

Ik keek om me heen. 'Eh... niet één?'

'Je snapt het niet hè? Een blanke is koning. Zie je niet hoe ze naar je kijken?'

Het was me niet opgevallen.

'Een bakra die hier komt, dat vinden ze spannend. Hoeveel bakra's ken je die hier durven te komen?'

Ik bestelde een glas whisky.

'En ze weten dat je geld hebt,' zei Ryan.

Alessandra begon met haar bil tegen me aan te dansen, terwijl ze kleine slokjes nam van de whisky, met veel ijs. De muziek was oude Michael Jackson. *Billie Jean.*

Ryan stond achter Alessandra, diep in conversatie met een lange dunne donkere, die steil haar had en op Naomi Campbell leek.

Ik keek om me heen, van achter de bil van Alessandra, en riep naar Ryan: 'Hé, dat lijkt je nichtje wel.' Ik wees naar de metaaldetector.

Ryan sprong naar me toe. Hij duwde Alessandra en het Naomi Campbell-meisje opzij. 'Dat is Rowanda, met Cristina.'

'Hoe kan dat?' riep ik. 'Het is kwart over drie.'

'De meeste chickies komen om drie uur.' Ryan ging voor me staan. 'Dan zijn ze klaar met hun haar.'

Connaisseurs van het oeuvre van R. Kelly

Ik legde uit: 'Het succes van R. Kelly is vooral te danken aan zijn geniale teksten. Op dat punt wordt hij onderschat. R. Kelly is de grootste poëet uit de hedendaagse populaire muziek. Zijn aantrekkingskracht valt niet uitsluitend te verklaren door de aanstekelijke melodieën.'

Rowanda en ik stonden met Bas en Daan en hun verkeringen rond het bijzettafeltje in de woonkamer van mijn ouders. De oude mensen stonden bij de Jan des Bouvrietafel, wij hadden proviand meegenomen naar de voorkamer. Esther sneed een quiche met gerookte zalm en spinazie in stukken, Annet verdeelde een fles Piper Heidsieck. Het paste precies in zes glazen.

'Neem het nummer *In the Kitchen* van zijn cd *TP.3 Reloaded*.' Ik werd aangekeken door vijf luisterende gezichten. 'Het uitgangspunt is overzichtelijk. Man en vrouw hebben seks in de keuken. Het is uit het leven gegrepen. De tekst is simpel, maar herkenbaar.' Ik declameerde, parlando.

Cutting up tomatoes, fruits and vegetables and potatoes
Girl, you look so sexy while you're doing the damn thing
I want sex in the kitchen over by the stove
Put you on the counter by the buttered rolls

'Op het eerste gezicht zou je zeggen dat R. Kelly een keer bezig was in de keuken,' zei ik. 'En dat hij, als een soort dagboek, daar een liedje van heeft gemaakt. Maar de tekst heeft, zoals altijd bij R. Kelly, een tweede laag. Luister hoe het eindigt.'

Girl you're in the kitchen
Sweating up a storm
The oven's on 500
So you know the kitchen's warm
Girl you know just how to get into a brother's mind
Cause here we are still in this kitchen
Doing it for the third time

'Deze tekst is zo ver over de top, het kan niets anders dan ironie zijn. Hij speelt met het beeld dat het publiek van hem heeft. Het is een superieur spel, dat door de fijnproever direct wordt herkend. Connaisseurs van het oeuvre van R. Kelly doorzien zijn bedoeling.'

'Wat lul je nou over tweede lagen en diepere bedoelingen?' riep Daan.

'R. Kelly, wie is dat ook weer?' vroeg Annet.

'Het is zo'n gladde neger die in de gevangenis zit omdat hij kleine kinderen verkracht.' Esther trok een vies gezicht. 'Zoiets als Michael Jackson, maar dan met meisjes.'

'Het is ordinaire neukmuziek, voor en door proleten.' Daan nam een hap quiche. 'Waar gaat dit over, we gaan toch ook niet teksten van André Hazes analyseren?'

'Ik vind André Hazes vet,' zei Rowanda. 'Ik heb een cd van hem.'

'Ja ja, dat klopt.' Bas deed opgewonden. 'Surinamers staan bekend om hun liefde voor de muziek van André Hazes.'

Esther en Annet, die nog niets tegen Rowanda hadden gezegd, gingen eten halen. Rowanda vroeg waar het toilet was.

Zodra ze de kamer had verlaten, vroeg ik: 'En?'

Daan vond het te zwaar op de hand. Het was te groot voor hem. Bas wist niet wat hij ervan moest vinden.

Ik zei: '95F.'

Volgens Daan had zijn oma ook cup 95F. Dat hoefde niet per se opwindend te zijn.

Een jigger

Mijn vader had een nieuw bord eten opgeschept. Hij ging iets vragen aan Janine. 'Wat doet u in het dagelijks leven?'

Janine zag er verbaasd uit. Rowanda zag er boos uit.

'Ik ben moeder. En ik werk bij de kinderopvang. In het dagelijks leven.' Janine sprak de woorden dagelijks leven uit op een toon die duidelijk maakte dat ze dit soort taal niet wilde gebruiken.

'En jij, Delano?' vroeg mijn moeder aan Clifton. 'Zit je nog op school?'

Clifton bleef naar beneden kijken, naar zijn bord. 'Ja mevrouw,' zei hij.

'En wat wil je later worden?' Mijn moeder deed alsof ze tegen een kleuter praatte.

Clifton had een kippenpoot gepakt. Hij deed met zijn handen: ik kan nu niet praten, met volle mond.

Mijn moeder stelde de vraag aan Janine, de vraag waarvoor ze was gekomen. 'Wat vindt u eigenlijk van David, als schoonzoon?'

Janine moest lachen, voor het eerst vanavond. 'Nou. Ik was verrast.'

'Wij waren ook verrast,' zei mijn vader.

Mijn moeder zei: 'Dus daar zijn we het over eens.'

'Dus dat,' zei ik. Rowanda duwde tegen mijn schouder, terwijl ik net een hap nam van een kippenpoot.

Ik deed mijn arm om Rowanda heen. Iedereen keek onze kant op. Clifton en Delano stonden op en liepen naar de tafel.

'Ik vind het spang dat je ouders naar mijn huis zijn gekomen. Zo schattig.' Rowanda begon me te zoenen. Tijdens het zoenen checkte ik of ze allemaal nog steeds naar ons keken. Iedereen keek de andere kant op.

Clifton en Delano hadden rijst genomen, en bijna alle stukken kip die er nog waren. Ze kwamen niet terug naar de grote mensen op de bank, ze bleven aan tafel, in de buurt van het eten. Ik ging erbij zitten.

'Jullie willen ook niet met de old people zijn hè,' vroeg ik. 'Net als ik.'

Nadat het even stil was, zei Clifton: 'Ja, we zijn net als jij.'

Delano wees naar mijn nieuwe Nikes. 'Waarom zijn je schoenen zo wit?'

'Ik ben net een neger,' zei ik. Negers hebben witte schoenen. Ze poetsen met een borstel zodra er een vlek op zit.

Delano verbeterde me. 'Je bent een wigger.'

'Je bedoelt een jigger.' Ik kon Delano verbeteren. 'Een joodse wigger. Niet dat ik een jigger ben.'

Mijn telefoon ging, op de vibratorstand. Op het display stond: NAOMI. Ik drukte haar weg. Clifton maakte een streng gebaar, dat duidelijk moest maken wat een amateur ik was.

Delano keek naar Clifton, maar die was bezig met kip.

Ik vroeg: 'Waar hadden jullie het net over?'

Clifton keek naar Delano. 'Heb jij dat ook gemerkt?' vroeg hij aan mij. Alle kip was op. 'Dat chickies nooit meer ouderwetse slippies dragen, van die grote, je weet toch? Je ziet alleen nog maar strings.'

'Grote onderbroeken zijn uit de tijd,' analyseerde Delano. 'Veel haar is ook uit de tijd. Ze zijn allemaal kaal.'

‘Is dat ook zo bij witte chickies?’ vroeg Clifton.
‘Ik weet niet,’ zei ik. ‘Dat zouden jullie moeten weten. Ik ben nooit met witte chickies.’
‘Hooo,’ riep Clifton. ‘Hij is stréng. Bakra’s komen er niet meer in.’
‘Hé, ik discrimineer niet,’ zei Delano. ‘Bij mij mag alles naar binnen.’
‘Alleen David discrimineert,’ besloot Clifton.

In de auto terug naar huis, in mijn vaders Volvo V50 van de zaak, was het stil.
Tot mijn moeder opmerkte: ‘Het was eh... interessant.’
Ik zei: ‘Mooi.’
‘Ik wil niet zeuren,’ zei mijn vader. ‘Maar onze fles champagne heeft meer geld gekost dan al dat eten bij elkaar.’

Antisemieten

Het haar van Rowanda zag er anders uit. Het was langer, met dunne vlechtjes in verschillende kleuren bruin. Het was even wennen, maar het stond haar goed.

Eerst sloeg ze in mijn gezicht, met de vlakke hand, vervolgens ondernam ze een frontale aanval op Alessandra. Haar vuist raakte de neus van Alessandra hard. Rowanda riep: 'Biaatch!'

En daarna: 'Wat moet je nou, Anti? Dit is mijn man.'

Ik stond erbij en keek ernaar. Om ons heen kwamen meer mensen kijken wat er gebeurde. 'Jij komt zo aan de beurt,' schreeuwde Rowanda tegen mij. 'Alleen maar nette mensen.' Ze schopte tegen het been van Alessandra.

'Jullie zijn net dieren,' gilde Rowanda. 'Waarom doen jullie nooit één keer netjes?'

Alessandra krijste: 'Wij kunnen beter neuken dan jullie, zelfs die witteman weet het. Hij wil die geile punani.'

Er kwam beveiliging, om Rowanda en Alessandra uit elkaar te halen. Alessandra kon net een laatste schop uitdelen, op de buik van Rowanda. 'Antilliaanse mannen beffen tenminste,' riep ze naar Rowanda, die richting uitgang werd getrokken.

Buiten stonden Rowanda en Cristina te wachten op Ryan en mij. Rowanda's vuist kwam hard en onverwacht, naast mijn linkeroog. Aan haar rechterhand droeg ze twee grote ringen. 'Ik dacht dat je anders was.

Je beloofde dat ik je kon vertrouwen. En je gaat met een Anti? Voor mijn neus? I don't think so.'

'Zag je hoe dat haar eruitzag?' vroeg Cristina. 'En altijd te veel goud hè. Anti's.'

Ik voelde aan mijn oog, er zat bloed op mijn hand. Het begon te regenen. 'Ik heb niets gedaan,' zei ik. 'Wat heb ik gedaan?'

Rowanda maakte een ongecontroleerde beweging, waar ik uit afleidde dat ze me nog een klap wilde geven. Ik deed een stap achteruit. Ze werd tegengehouden door Ryan en Cristina.

'Het is beter om niks meer te zeggen.' Ryan duwde me een eindje verderop. 'Probeer het over een paar dagen.'

Mijn oog begon echt pijn te doen. Ik zei, zachtjes: 'Antisemieten.'

'Anti's, het blijven ráre mensen.' Ryan onderzocht mijn gewonde oog. 'Altijd vechten. Niet allemaal hoor.'

Hij legde zijn hand op mijn schouder. 'Als je niet wil, moet je Rowanda niet meer bellen.'

Ryan en Cristina liepen naar de auto, allebei met een arm om Rowanda heen.

Alessandra vroeg waarom Surinamers zo moeilijk moesten doen, altijd dachten ze dat ze elite waren. Ze had binnen gewacht tot Rowanda weg was.

'Daarom werd ze zo boos,' zei Alessandra. 'Omdat jij voor mij koos. Toch, dushi?'

Ik keek naar de grond. En ik keek omhoog. Alessandra had geen jas aan, wel een paraplu boven haar hoofd. Ook had ze twee nogal grote borsten.

Ik vroeg of ze goed kon koken.

Alessandra moest lachen. Een vrolijke lach was het, waarbij ze kuiltjes kreeg in haar wangen. 'Zeker zeker,' zei ze. 'Ik kan goed koken.'

‘Wat is je specialiteit?’

‘Spare ribs, met rijst en bruine bonen. Lekker hoor.’

‘Ga je voor me koken?’

Alessandra beloofde: ‘Tuurlijk, dushi.’

Ik vroeg waar ze woonde.

‘Op het Bijlmerplein, daar boven de Kentucky.’

‘Boven de Kentucky?’

‘De Kentucky, waar je kip kan eten.’

Ik reconstrueerde wat ze bedoelde. ‘Kentucky Fried Chicken?’

‘Ja Kentucky, dat zeg ik toch.’

Mijn vader is een vaderjood

Ik wilde een spijkerbroek kopen van het merk Enyce. Die had ik gezien in de Amsterdamse Poort. Ik kwam het geld halen bij m'n moeder. Mijn vader zat in het opiniemakersoverleg. Het stonk naar sigaren.

Mijn moeder stond in de keuken worstenbroodjes te maken. De leden van het opiniemakersoverleg willen soms net doen alsof ze geen intellectuelen zijn, maar gewone mensen. Ze denken dat gewone mensen worstenbroodjes eten.

'Vergeet je niet de afspraak die ik morgen voor je heb gemaakt?' vroeg mijn moeder. Ze had geregeld dat ik op bezoek kon bij het kantoor van een zogenaamde vriend van mijn vader: de eloquente advocaat. Om te kijken of Rechten iets voor mij was.

Ik beloofde: 'Ja-ha, ik zal ernaartoe gaan. Op de Keizersgracht toch?'

Mijn moeder maakte zich zorgen over me. Ging het wel goed bij dokter Bornstein?

Ik stak mijn hoofd om de deur van de woonkamer. De beroemde columnist riep: 'Hé David, kom er even bij. We kunnen deze kwestie bespreken vanuit het perspectief van de jongeren.'

Aan de Jan des Bouvrie-tafel, waarop volle asbakken stonden en lege wijnglazen en half aangebroken schalen met Parmezaanse kaas en koosjere chorizo-worst, zaten de beroemde columnist, de invloedrijke tv-producent en de vader van Daan, oftewel de professor aan de Universiteit van Amsterdam, gespecialiseerd in Internationale Betrekkingen – tevens beschikbaar voor last minute televisieoptredens. De hoofdredacteur van de kwaliteitskrant en de verantwoorde presentator bij de commerciële omroep waren verhinderd.

De beroemde columnist sprak plechtig deze woorden uit: 'David, we bespreken de situatie in het Midden-Oosten. Je begrijpt dat jouw vader en de professor dankzij hun achtergrond een gematigder oordeel vellen over de joodse bezetters dan de rest van het gezelschap.'

Mijn stoel stond tussen die van de vader van Daan en de invloedrijke tv-producent. 'Mijn vader is niet joods,' zei ik. 'Hij is een vaderjood. Die zijn zo gefrustreerd dat ze altijd praten over de joodse identiteit. Hij jokt er ook over. Dan zegt hij dat-ie wel joods is.'

'David,' zei mijn vader. 'Dat is niet aardig.' Iedere keer dat ik zeg dat hij een vaderjood is, klaagt hij dat ik hem pijn doe.

'De complicatie ligt natuurlijk hierin,' zei mijn vader snel. 'Het internationale krachtenveld is sinds 1948 radicaal veranderd. Bij het uitroepen van de staat Israël waren de Verenigde Staten niet het land dat ze nu zijn. Geen Korea-oorlog, geen Vietnam-oorlog, geen catastrofes in Irak. De Verenigde Naties hadden recht van spreken bij het uitroepen van de staat Israël. Sinds ze door Bush worden gekoeioneerd, hebben ze geen feitelijke machtspositie meer.'

'Wat denk jij ervan, David?' vroeg de invloedrijke tv-producent.

Ik schonk een glas wijn in voor mezelf. 'Mijn analyse is dat ik niet praat over dit soort onderwerpen.' Sinds mijn vader het woord had genomen, had ik niet meer geluisterd. 'Jullie weten toch beter hoe het zit.' Ik keek naar mijn schoenen. Nieuwe Reeboks. Spierwit, met een klein groen vlekje op de linkerschoen.

De professor kondigde het volgende onderwerp aan. Morgenavond zat hij in *Netwerk*, voor een discussie over Antilliaanse jongeren. De stelling die hij daar zou verdedigen, luidde als volgt: 'Ontspoorde Antilliaanse jongeren voelen, evenals hun Marokkaanse spiegelbeelden, geen diepe connectie met de Nederlandse maatschappij. Daardoor kennen ze geen remming in hun criminele activiteiten. Diep vanbinnen beschouwen ze zichzelf niet als een onderdeel van het Nederlandse rechtssysteem.'

De beroemde columnist ging praten. 'Wanneer je de psyche van de Antilliaanse probleemjongere analyseert, tref je een nihilistisch wereldbeeld aan. Een wereldbeeld dat, het spijt me om te constateren, voornamelijk is gevormd door gewelddadige uitingen die ze opvangen via films en tv-programma's.'

De invloedrijke tv-producent sloeg met zijn hand op tafel. Zijn glas wijn viel om. 'Excusez!' riep hij.

'Schat, kun je even opruimen?' riep mijn vader richting keuken.

De invloedrijke tv-producent haalde met een papieren servetje de rode wijn van zijn broek. De wijn viel op het witte tapijt, gelukkig naast mijn schoenen.

'Ik vrees dat onze columnistenvriend een belangwekkende documentaire over het hoofd ziet, die wij vorige maand hebben uitgezonden,' zei de invloedrijke tv-producent. 'Daarin vertellen Antilliaanse knapen hoe ze op Curaçao al gevangen zaten in een web van geweld. Daar hadden ze geen tv-toestellen. Het komt uit die mensen zelf, niet uit zoiets als televisie. Het is een nature-nurtureverhaal.'

'Ik ga op huis aan.' Ik stond op. 'Bedankt voor de gezelligheid.'

Mijn moeder liep me achterna. De afspraak van morgen moest ik niet vergeten, ik wist hoe druk de eloquente advocaat het had.

Besodemieterd

Ik zat bij het raam. Naast me, aan het gangpad, zat een Marokkaan in een blauw Reebok-trainingspak, met kort zwart haar, een dun zwart snorretje, een groot gouden horloge en een paar gouden ringen. Zijn telefoon had van die ingebouwde luidsprekers waar je muziek uit kunt laten komen. Hij zorgde ervoor dat de halve metrowagon naar Marokkanen-muziek moest luisteren. Het was een moderne variant van Raï.

Op de bank tegenover ons zat een ouder echtpaar, in kleren die ze op de markt hadden gekocht, of bij de Hema, allebei met haar dat vroeger blond was, het leek nu grijs, je kon het niet goed zien omdat blond en grijs zo op elkaar leken. Hun huid was donkerroze en ze zagen er boos uit. Ze waren van het type dat als enige Hollanders in hun buurt waren overgebleven. Alle autochtone arbeiders waar ze vroeger tussen woonden, waren vervangen door mensen als de Marokkaan in het blauwe Reebok-trainingspak.

Ze leken niet alleen boos over de muziek die ze moesten meeluisteren, het zag eruit als een ergernis die al een paar jaar bezig was. Eerst keken ze naar de Marokkaan, daarna keken ze naar mij, ze keken naar hem en terug naar mij.

Dachten ze dat ik bij hem hoorde, zag ik er net zo uit als iemand die een halve metrowagon naar Marokkanen-muziek laat meeluisteren, het leek me niet, ik was net zo geïrriteerd over de Marokkanen-muziek als zij waren, of hoorde ik bij de roze Hollandse mensen, maar hoe kon ik horen bij mensen die dachten dat ik niet bij hun hoorde, in ieder geval hoorde ik niet bij de Marokkaan in het blauwe trainingspak, of hoorde ik wel bij hem, moest ik solidair met hem zijn omdat iedereen vond dat ik er net zo uit zag als hij, zou hij denken dat ik bij hem hoorde of dacht hij dat ik bij de roze Hollanders hoorde en – stop.

De donkerroze man vroeg: 'Vind je dat normaal?'

De Marokkaan in het blauwe trainingspak zei niets. Ik ook niet.

Hij vroeg: 'Vinden jullie dat normaal?' De Marokkaan en ik bleven zwijgen. Tegen zijn vrouw zei de roze man dat hun zoon een knal voor zijn harses kon krijgen als hij zulke harde muziek zou draaien waar andere mensen bij waren.

De Marokkaan zei niets, hij drukte op een knopje op zijn telefoon. De muziek kwam harder te staan.

De roze man riep: 'Ben je helemaal besodemieterd?'

'Be-so-de-mie-terd?' De Marokkaan had zijn mond open gedaan. 'Wat betekent dat?'

De roze vrouw zei: 'Nou zeg.'

Haar man vroeg: 'Ben je besodemieterd? Spreken jullie wel Nederlands?'

De vrouw zei: 'Moet je ze zien zitten. Ali en Mohammed.'

Haar man vond dat die mensen wel een beetje respect mochten hebben voor het land waar ze te gast waren. Dat was er tegenwoordig niet meer bij. Hij draaide zich naar zijn vrouw toe, om uit te leggen: 'Dit zijn nou k.m.'etjes.'

Zijn vrouw vroeg: 'Waarom zeg je niet gewoon kut-Marokkanen?'

Bij halte Bijlmer stopte de metro. Voor hij opstond, zei de Marokkaan in het blauwe trainingspak: 'Respect geven is respect krijgen.'

We liepen allebei het perron op. Hij keek naar mij, ik keek naar hem. Zijn muziek stond nog aan, de telefoon had hij in zijn hand.

'Moest dat nou?' Ik wist niet zeker of ik de muziek bedoelde of de manier waarop de roze mensen ons toespraken.

Hij maakte een Marokkanen-gebaar dat er verontwaardigd uitzag, riep iets in een taal die ik niet kon verstaan, maar vriendelijk klonk het niet, en de Marokkaan in het blauwe trainingspak liep weg.

Ik bleef staan. Een paar dagen wachten, had Ryan aangeraden. Ik belde.

'Ja.'

'Ahoy,' zei ik.

'Wie is dit?'

'Hé Rowanda, met David. Alles goed?'

'Ben je gek?'

'Hoe dat zo?'

'Waarom denk je dat je me kan bellen?'

'Ik dacht, misschien ben je na een paar dagen gekalmeerd.'

'Ik ben kalm. Maar als je denkt dat ik met jou ga praten ben je loco.'

'Waarom? Ik heb niets gedaan.'

'Ik ga je hangen. Als ik jouw nummer zie, neem ik niet meer op.'

www.etnodating.nl

Ryan wist zeker dat de kortste weg naar onbetaalde seks via datingsites was op het internet. Als ze op zo'n site zaten, waren ze klaar voor actie.

De grootste site was www.partypeeps2000.com, oftewel www.PP2G.com, maar daar zaten te veel kleine kinderen op, dat duurde te lang.

www.etnodating.nl, de MultiCulturele Datingsite, was sneller. Je mocht zelf bepalen wat voor vlees je wilde. De dates konden op afkomst worden geselecteerd: Nederlands, West-Europees, Marokkaans dan wel Turks, maar ook Surinaams, Antilliaans of Afrikaans overig.

'Eerst stuur je berichten aan heel veel chickies.' Ryan zat bij Rowanda thuis achter de computer. Het was de avond dat het incident in Het Vervolg zou plaatsvinden. Hij bekeek zijn inbox bij www.etnodating.nl. Chickies met een goeie foto kregen iedere dag twintig berichten. Die chickies reageerden niet overal op. Als ze dat wel deden, was het de bedoeling om met ze te MSN-en en zo snel mogelijk een date te maken.

Een paar dagen later. Op www.etnodating.nl stond een advertentie van Krediet Groep Nederland. Als je inlogde, was het eerste dat je zag:

BINNEN 4 UUR GELD OP JE REKENING?
TOT 5.000 BINNEN EEN PAAR UUR OP JE REKENING.
MAKKELIJKE ACCEPTATIE.

Ik dacht: kaaskoppen persen ons uit, ze denken dat we dom zijn – en ik stuurde berichten naar alle in Noord-Holland wonende Surinaamse en Antilliaanse vrouwen die met een foto op www.etnodating.nl stonden.

Na tien minuten reageerde LadySoul. Bij het onderdeel Verhaaltje had ze in haar Profiel geschreven: 'Ik ben 1 spontane jonge meid die geniet van life. wat ik belangrijk vin in een relatie is: eerlijk, trouw en r.e.s.p.e.c.t.'

Daaronder had ze geschreven bij Slechte eigenschappen: 'Egoistiese en gierige manne. manne die liegen en niet eerlijk zijn. ik wil geen surinamers en afrikanen en antillianen enzo.'

Als antwoord op mijn bericht schreef ze:

i don't know of ik intelectueel ben. wat is dat? geef me je msn dan.

LadySoul en ik schakelden in op de MSN.

David zegt:
daar ben je
LadySoul zegt:
ja
LadySoul zegt:
da ben ik
David zegt:
hallo daar
David zegt:
hoe gaat het met jou?
LadySoul zegt:
goed
LadySoul zegt:
je heet david?
David zegt:

jawel, en jij?
LadySoul zegt:
muriel
David zegt:
mooie naam
David zegt:
je weet dat ik wit ben hè?
LadySoul zegt:
ik see toch je foto

Ik drukte op de emoticon met het witte mannetje dat met gestrekte armen een hug geeft.

David zegt:
zie je dat?
David zegt:
die msn is gemaakt voor you and me

Muriel drukte op de emoticon met het zwarte vrouwtje dat met gestrekte armen een hug geeft.

LadySoul zegt:
ja ik see het
LadySoul zegt:
wat is je hobby?
David zegt:
lezen? tv kijken? relaxen? dat soort dingen
David zegt:
en jij dan?
LadySoul zegt:
ja vin ik ook leuk
LadySoul:
heb je geen webcam

David zegt:
jawel
LadySoul:
set aan dan
David zegt:
heb jij er ook een?

We startten allebei de webcam. Muriel had een kleine piercing door haar neus, en ingewikkeld haar met een deel strak naar achteren gekamd en daarboven een bouwwerk met allemaal krulletjes. Ze was donker, bijna zwart. Haar gezicht leek Afrikaans, met hoge jukbeenderen en kleine oogjes en een beetje grove gelaatstrekken, maar toch niet helemaal. Ze droeg een roze hemdje zonder mouwen.

David zegt:
is dat een tattoo op je schouder?
LadySoul zegt:
ja een vlinder
David zegt:
mooi
LadySoul zegt:
je see er niet uit als 1 bakra
David zegt:
ik ben joods, daarom heb ik zwart haar
LadySoul zegt:
oooohh... ok
LadySoul zegt:
je see er leuk uit
David zegt:
o ja?
David zegt:

ik vind jou ook wel aantrekkelijk
David zegt:
je ziet er rond uit
LadySoul zegt:
ja?
David zegt:
ik word wel benieuwd
David zegt:
sta eens op

Muriel stond op, ze draaide een rondje. Het zag er inderdaad rond uit.

David zegt:
mag ik wat vragen?
LadySoul zegt:
yes
David zegt:
mag ik zien wat onder je hemd zit?
LadySoul zegt:
je ben snel
LadySoul zegt:
waarom wil je dat see
David zegt:
ik ben zo benieuwd

Muriel stond op, deed haar hemd omhoog en, heel snel, omlaag. Ze droeg een rode beha.

David zegt:
aaah doe nog een keer
David zegt:
het ging zo snel

David zegt:
ik heb het gemist
LadySoul zegt:
is you problem
LadySoul zegt:
not mine
David zegt:
alsjeblieft?

Muriel stond op, trok het hemd naar boven, en haar beha ook. Ze schudde even heen en weer. Dat zorgde voor een vreemd effect op de webcam. Het schudden ging zo snel dat de webcam het niet kon bijhouden. Op de computer werd langzaam geschud.

David zegt:
mooi hoor
David zegt:
respect
LadySoul zegt:
thanx
David zegt:
waar woon je?
LadySoul zegt:
zuidoost daar bij ganzenhoef
David zegt:
mag ik naar je toe komen?
LadySoul zegt:
om wat te doen
David zegt:
gewoon
David zegt:
babbelen

David zegt:
een kopje koffie drinken
LadySoul zegt:
chillen
David zegt:
maar natuurlijk
LadySoul zegt:
je ga geen stoute dingen doen
LadySoul zegt:
je ben geen ascio tog?
David zegt:
maar natuurlijk niet
LadySoul zegt:
ok
LadySoul zegt:
2morrow
David zegt:
ik kan bijna niet wachten

Wokken

Van Ryan moest ik mee naar de Brasil Musicbar, in een zijstraat van de Leidsestraat, bij de McDonald's. Braziliianen kwamen er niet. In de Brasil Musicbar kwamen Surinamers, ongeveer tweehonderd bij elkaar.

Het was klein en er was niet veel licht. Bij de ingang was een bar, daarna kwam je op de dansvloer. Dat was waar Rowanda stond met Cristina en met haar nichtjes, Michelle en Noel. Ze droeg een goudkleurig fluwelen trainingspak met achterop in rode letters Dolce & Gabbana. Ryan had niet verteld dat Rowanda er zou zijn. Hij zei dat het voor hem ook een verrassing was.

Rowanda kondigde aan: 'We gaan wokken.' Normaal dronk ze geen alcohol. Nu had Rowanda drie glazen Baileys op en een paar kleine flesjes Flügel. Dat was een rood drankje in een doorzichtig flesje dat je in één slok moest opdrinken. In de rest van Amsterdam was het al tien jaar uit. In de Brasil Musicbar gaven ze het achter de bar gratis weg. Rowanda had nooit gehoord van Flügel, maar ze vond het lekker. Ze dronk alleen zoete drankjes. Bier was voor stinkmensen en ze hield niet van stinkmensen.

Het was vrijdag. De volgende avond zou Rowanda gaan wokken met Cristina en Michelle. Noel kon niet. Cristina en Michelle namen hun verkeringen mee. Rowanda zei dat ik ook mee moest komen.

Ik vroeg wat wokken was. 'Bedoel je teppanyaki?'

Rowanda vroeg wat teppanyaki was.

Ik zei dat teppanyaki iets was dat ze in het Japanse restaurant hadden.

Rowanda was nooit in een Japans restaurant geweest, dus dat kon het niet zijn. Wokken gebeurde in het Chinese restaurant.

Het Chinese restaurant heette De Gouden Wok. Het was bij Schiphol, met nog meer restaurants, in een gebouw dat over de snelweg heen was gebouwd. Beneden was een Kentucky Fried Chicken, daar moest je met de roltrap omhoog. Voor 19 euro mocht je zoveel en zo vaak als je wilde eten opscheppen, dat voor je werd gewokt met een saus naar jouw keuze, zoals Black Bean, Sze Chuan of Sweet Sour.

In de meeste restaurants komen alleen Hollanders. In De Gouden Wok konden aan honderden tafels duizenden mensen zitten. Daaraan zaten veel mensen die ze allochtonen noemen. Nergens was een spoor van halal te bekennen, maar er zaten hele tafels vol vrouwen die hoofddoekjes droegen.

De verkeringen van Cristina en Michelle heetten Clarence en Andrew. Ik had ze opgehaald in Zuid-Oost. Met z'n zessen reden we in mijn auto naar De Gouden Wok. We zaten aan een tafel met uitzicht op de snelweg. Onder ons reden auto's.

Bij de tafels met rauw eten stonden allemaal mensen te dringen. Je moest een bord pakken en daar eten op leggen. Ik had groente opgeschept, en wat stukken biefstuk en kip en garnalen. In een grote pan werd het door elkaar gegooid en in anderhalve minuut gewokt met Thai Curry saus.

Toen ik zei dat het eten te smerig voor woorden was, begon Rowanda te schreeuwen. Dat ik altijd dacht dat ik elite was, dat ik moest oprotten met mijn Oud-Zuid en dat het gewoon lekker was. Al die mensen hier gingen toch ook drie keer opscheppen. Die waren zeker allemaal gek.

Aan andere tafels keken mensen naar ons. Cristina, Michelle, Clarence en Andrew keken ook naar mij. Het leek me beter om niets te zeggen. De rest van de avond zei Rowanda ook niets meer tegen mij.

Naast De Gouden Wok lag langs de snelweg het beroemdste vreemdgaanhotel van Amsterdam: Hotel Schiphol A4, een echte Van der Valk. Het was zo geschikt als vreemdgaanhotel omdat het buiten de stad lag. De gasten konden er anoniem hun gang gaan.

Hotel Schiphol A4 was de plek waar Naomi en ik vorig jaar, vlak voor kerstmis, een kamer hadden genomen. De Yacuzzisuite. De bedoeling was dat we daar onze relatie spannender zouden maken.

Kanye West

Muriel zei: 'Dit is mijn nichtje, Cassandra. Ze woont even bij mij in huis.'

Ik stak mijn hand op naar Cassandra. 'Shalom.'

Ze zat op de bank met een baby op haar arm. 'Hij heet Denzel,' vertelde Cassandra. 'Net als die acteur.'

De televisie stond aan, zonder geluid, op MTV. In Oud-Zuid hebben ze vaak geen televisie in de woonkamer, om te benadrukken dat daar wordt gelezen, of geconverseerd. De televisie staat in de slaapkamer, waar bezoek het niet kan zien.

Op de grond lag een *Metro* met de tekst:

ENQUETE: NEDERLANDER BAALT VAN MOSLIM

De halve voorpagina bestond uit een grafiek om aan te geven hoe erg de Nederlander baalde van de moslim. Verder stond er geen toelichting bij.

'Waarom heb je geen boekenkast?' vroeg ik. 'Lees je nooit een boek?'

Muriel haalde haar schouders op. Ze zat aan de eettafel. 'Mijn kleine is bij mijn moeder,' deelde ze mee. Naast de tafel lag op de grond een matras, met daarnaast een wieg.

'Zijn vader zie ik niet meer hoor,' zei Muriel. 'We hebben één keer seks gedaan. Hij zei dat hij een baby bij me zou maken, maar ik geloofde het niet. Hij woont in Rotterdam.'

‘Ga je weleens naar de bioscoop?’ vroeg ik. ‘Theater, museum, concert?’

‘Weet je waar ik naartoe wil?’ vroeg Muriel. ‘Kanye West komt in de Heineken Music Hall, die moet ik zien.’

In mijn broekzak rinkelde de telefoon. Ik zag dat het Naomi was en zette ’m uit. ‘Als je met een chickie bent, altijd je telefoon op de vibratorstand zetten,’ had Ryan gezegd. Hij noemde het de vrouwvriendelijke stand. Ik was het vergeten.

De ringtone van Muriel was *Erotic City*, van Prince. ‘Hallo bon tardi,’ zei ze in de telefoon. ‘Hé kon ta.’

Ze ging met haar rug naar me toe staan. Na tien seconden riep ze: ‘Kiko bo ta disami dushi.’

Toen ze ophing zei ze eerst iets tegen Cassandra, en daarna tegen mij: ‘Mijn broertje is vannacht opgepakt door de politie.’

Ik vroeg wat er was gebeurd.

‘Niks. Hij liep over straat, daar bij Kraaiennest.’

‘En hij deed niets?’

‘Dat zeg ik toch? Ze moeten ons altijd hebben.’

Ze pakte een foto. ‘Dit is Gregory, met zijn ex.’

Op de foto stond een jongen met vlechtjes die kort van elkaar tegen zijn hoofd waren geplakt en corn rows worden genoemd. In zijn wenkbrauwen waren kleine streepjes geschoren. Hij droeg een wijde spijkerbroek die halverwege zijn bil hing, en een glimmend sportshirt met daarop de woorden NIGGAZ WITH ATTITUDE. Het gezicht van het meisje was doorgekrast met een zwarte viltstift.

‘Gregory is vijf jaar in Nederland,’ zei Muriel. ‘Niemand geeft hem een kans. Hij krijgt geen werk.’

Ik vroeg of dit de kleren waren die Gregory droeg als hij op zoek ging naar werk.

'Zo ziet hij er altijd uit.' Muriel legde de foto op tafel.

Die ochtend had er een onderzoek in *de Volkskrant* gestaan waaruit moest blijken dat driekwart van de Antilliaanse jongeren die in de laatste tien jaar naar Nederland waren gekomen geen werk had. Er was een plan gemaakt om ze aan het werk te krijgen.

'*De Volkskrant*?' vroeg Muriel. 'Is dat een krant?'

Een lichtblauw bubbelbad

De Yacuzzisuite was op kamer 145. Alles was roze, behalve het grote lichtblauwe bubbelbad dat naast het bed stond. Bij Van der Valk heette dat een yacuzzi.

Naomi was de week ervoor naar Hotel Schiphol A4 gegaan om kamers te bekijken. Ze had de Mexicosuite gezien, en de Junglesuite en de Zwembadsuite. Haar inschatting was dat de Yacuzzisuite het meest geschikt was. Het probleem was dat het al een paar maanden niet lukte om seks te hebben.

Naomi had kaarsen meegenomen en een fles Piper Heidsieck en een doos aardbeien. Ze stak alle kaarsen aan en deed de lichten uit. De fles en de aardbeien zette ze naast het bubbelbad. We trokken onze kleren uit en stapten het water in. De bedoeling was dat het een opwindend moment zou zijn, maar we kenden elkaar al zo lang dat het niet meer was dan deze kale actie: we trokken onze kleren uit en gingen in bad zitten.

Ik keek niet naar Naomi terwijl ze haar kleren uittrok. Zonder te kijken wist ik hoe ze het deed: eerst haar shirt uit, haar beha hield ze aan, dan haar linkerschoen uit en haar linkersok, de rechterschoen en de rechtersok, daarna haar broek, nog even zo rondlopen en als laatste haar onderbroek en echt als laatste haar beha. Ze schaamde zich omdat ik haar borsten te klein vond, die wilde ze zo lang mogelijk bedekken.

In bad begon ze te huilen.

Ik vroeg wat er de hand was.

Waarom werd ik niet meer opgewonden van haar? Ik wilde geen seks – Naomi noemde het 'de liefde bedrijven' – en als we het een keer probeerden, mislukte het altijd. Waarom was dat?

'Ik weet niet,' zei ik. Ik hield mijn hoofd naar beneden. Overal kwamen bubbels vandaan.

'Je weet niet.' Naomi stapte uit het bubbelbad. 'Hoe kan je dat niet weten?' Ze ging op het roze bed liggen. Alles werd nat. Ik deed een handdoek om en ging naast haar liggen.

Ze vroeg wat ik nou wilde, met haar en met mijn leven in het algemeen. 'En niet zeggen: ik weet niet.'

Op mijn buik lag ik op het roze bed, met mijn hoofd naar beneden. Ik zei niets.

'Oké, dan niet,' zei Naomi. Ik zag haar gezicht niet, ik hoorde alleen haar stem – over hoe lang we elkaar kenden en hoe goed we elkaar kenden en hoe ik haar enige vriendje was geweest en zij mijn enige vriendinnetje en hoe ze vanaf de eerste dag op school wist dat we bij elkaar pasten en dat ik haar man zou worden.

Het was waar. We kenden elkaar lang en goed en ik was haar enige vriendje geweest en zij mijn enige vriendinnetje en ik wist vanaf de eerste dag op school dat we bij elkaar pasten en dat zij mijn vrouw zou worden.

De nacht in de Yacuzzisuite was die van 23 op 24 december. Op eerste kerstdag zouden we bij mijn ouders eten, op tweede kerstdag bij haar ouders. Wij zijn geïntegreerde joden. Met kerst eten we bij onze families.

Hobby: gospelliederen zingen

Muriel vroeg of ik iets wilde drinken. 'Ik heb melk en Fernandes en Aloe Vera, smaak Peach.' Ze was niet veel langer dan anderhalve meter, en massief gebouwd. Door haar linkerwang, vlak naast de mond, zat nog een kleine ronde piercing, van zilver.

Ik vroeg welke smaak Fernandes ze had.

'Laten we even naar mijn kamer gaan,' stelde Muriel voor.

Terwijl ze naar de slaapkamer liep, zag ik onder haar oranje truitje, en boven de rode Puma-trainingsbroek, een zwarte tribal-tatoeage. Op die plek net boven de bil waar iedereen er een heeft.

'Hoeveel tattoo's heb je?' vroeg ik.

Muriel lag op bed. 'Je zal het zo zien. Heb jij geen plaatjes dan?' Boven het bed hing een poster van Janet Jackson, die ene waar ze op staat met ontbloot bovenlijf, en van achteren twee handen over haar borsten.

Het was de hobby van Muriel om gospelliederen te zingen. Op haar kamer lag een stapel cd's. 'Ik ga muziek zetten,' zei ze. Ze lag op haar buik en deed een gospel-cd in een ouderwetse stereotoren, zo een waar nog een cassettespeler bij zit.

'Kom naast me liggen.' Ze trok haar truitje uit. Bovenaan haar rug zat de derde tatoeage. Een dolfijn in het donkerblauw. Onder de Puma-broek droeg ze een roze string.

Ik vroeg of ze altijd met Antillianen was geweest, of ook met andere mannen. Witte mannen bijvoorbeeld.

'Wie ik?' vroeg Muriel. 'Ik ben nooit met een Antilliaan geweest. Die hebben te veel vrouwen.'

Ze was alleen met Afrikaanse mannen geweest, en met een Colombiaan en twee keer met een Kaapverdiaan en nog met een Cubaan, tot ze erachter kwam dat die ook allemaal andere vrouwen hadden. Muriel had altijd gezegd dat ze nooit met een kaaskop zou zijn, die waren te lomp, maar nu was ze op het punt gekomen dat er niets anders op zat.

'Trek je kleren uit.' Muriel zei het als een bevel. 'Wat zit je naar mijn bil te kijken?'

Ze legde haar beha op tafel. Die pakte ik snel om naar de maat te kijken. 95G.

'Je bent brutaal,' zei Muriel. 'Volgende maand heb ik een operatie. Een boobie-verkleining. De verzekering gaat voor me betalen. Eindelijk.'

'Wat!' Ik schreeuwde. 'Waarom doe je dat?'

'Omdat ik pijn aan mijn rug heb? Omdat ik 's nachts niet kan slapen? Ik kan niet op mijn rug liggen en niet op m'n buik. Of op de zijkant.'

'Is dat wel een goed idee? Is het niet zonde van die mooie boobies?'

Muriel wilde weten waarom ik zoveel vragen stelde over haar boobies. Als ik een huis voor haar zou kopen, en een nieuwe computer, en geld voor beltegoed, want anders kon ze mij niet bellen, en een auto, maar eerst geld voor rijlessen – dan mocht ik alles weten over haar boobies.

Ze deed de la van het nachtkastje open. 'Heb je condooms bij je?'

'Ik doe niet aan condooms.'

'Ik wel,' zei Muriel. 'Dus nu doe jij er ook aan. Is voor mijn eigen bescherming. Negers zijn niet te vertrouwen.'

'Ik ben geen neger.'

'Weet je, toch ga je er een zetten.' Muriel zette het condoom zelf bij me, dan wist ze zeker dat ik haar niet probeerde te flessen.

Voor ze het condoom omdeed, keek Muriel er net te lang naar. Ik werd er zenuwachtig van. Klopte het, wat Rowanda zei? Nadat ze het condoom had omgedaan spuugde ze erop.

Het voltrok zich zwijgend. Muriel zat op me en deed haar handen tegen de muur. Haar borsten gingen langzaam op en neer voor mijn gezicht. Het tempo waarin ze met haar heupen bewoog lag nog lager, alsof ze een soort corvee aan het uitvoeren was.

Muriel gaf een nieuw bevel. 'Ga van me af.' Ze ging op haar rug liggen en deed haar benen naar achteren. Ze legde ze bijna in haar nek. Ik was verbaasd dat ze dat kon.

'Kom hier.' Ze spuugde op haar hand, pakte me vast en stak me erin. Ze keek weer, net te lang. Het lukte niet om erect te blijven, het werd zo slap dat het condoom er bijna afgleed. Toen Muriel vroeg of het lukte, en wat ik daar aan het doen was, vormde dat voor de benedenverdieping het signaal om ermee op te houden.

Een uur later, of anderhalf, liep ik door de Amsterdamse Poort. Er waren drie voicemails van mijn moeder, en een van de secretaresse van de eloquente advocaat. Ik luisterde ze niet af.

Ik belde Daan.

Hij zei: 'Hé man.'

'Hoe vaak moet ik het uitleggen?' vroeg ik.

'Wat?'

'Ik kom net van Muriels huis. Heb je weleens gehad dat een vrouw op je zit, en dat ze zo hard met haar bil gaat schudden dat het condoom er bijna af schiet?'

'David, ik moet een werkcollege in. Spreek je later.'

Een schema van achttien jaar

In de Yacuzzisuite bleven we de hele nacht wakker. Naomi zat op bed, met haar benen over de rand en haar gezicht naar het bubbelbad toe. Eerst zat ik in het bubbelbad, met het water stil.

Toen ik op bed kwam liggen, draaide Naomi zich om. 'Waarom ben je niet gaan studeren met mij?' vroeg ze. Volgens Naomi was dat het moment waarop het verkeerd ging. Na het gymnasium had ik direct moeten doorgaan naar de universiteit, dat was hoe we het in Oud-Zuid deden. Ik had de vloeiende overgang onderbroken, een interruptie van het schema leidde alleen maar tot slechte dingen. Het was geen goed idee om een schema te onderbreken dat achttien jaar vaststond, sinds ik geboren was. Waarom had ik dat gedaan?

Naomi lag op haar buik, ik op mijn rug. Ik voelde dat ze naar me keek, dus ik deed mijn ogen dicht.

Ze begon tegen me aan te duwen. Ik moest met haar praten, dat was ik haar schuldig, ik hoefde niet te denken dat ik weg zou komen met: 'Ik weet niet.' Waarom wilde ik niets, waarom begon ik nergens aan, een studie of desnoods werk, het werk dat ik zou krijgen zonder een studie, en waarom kon ik niet aan haar vertellen wat er aan de hand was?

'Wat wil je weten?' Ik ging rechtop zitten, met mijn rug tegen de roze muur. 'Vraag maar iets.'

Ze kwam ook met haar rug tegen de muur zitten. 'Ik heb je net tien dingen gevraagd.' Naomi deed niet vaak streng tegen me, daarom werkte het als ze dat een keer wel deed.

We keken naar het roze behang aan de muur tegenover ons. Zij bleef stil, ik praatte. Vijf minuten achter elkaar. Over dat het niet leuk was om te zien hoe iedereen dingen ondernam behalve ik, en hoe langer ik wachtte, hoe moeilijker het werd om ergens aan te beginnen, de druk was alleen maar groter om met iets indrukwekkends te komen, nu durfde ik niet meer aan een studietje te beginnen, dat was niet goed genoeg, het moest iets groters zijn, en ik wist niet zeker waarom ik geen Psychologie was gaan studeren met haar, ik wilde niet de uitvlucht gebruiken van 'Ik weet niet,' maar soms doe je echt iets zonder te weten waarom, het zou kunnen dat ik me niet wilde laten dwingen in een schema dat achttien jaar vaststond, misschien wilde ik doen wat ik zelf wilde, het probleem was alleen dat ik nooit had nagedacht over wat ik wilde, als er al achttien jaar een schema vaststaat denk je niet na over dat soort dingen.

Naomi had mijn hand vastgepakt. Ze wist dat het moeilijk was, toch moesten we iets bedenken. Het allerliefste in de hele wereld wilde ze met mij samen zijn. Dat zou beter gaan als ik gelukkig was, maar ik kon niet gelukkig worden zolang ik niets deed. Haar doel was om eerst mij gelukkig te maken, dan konden we daarna samen gelukkig worden.

De Kentucky

In de rij bij de Kentucky Fried Chicken op het Bijlmerplein stond er een achter me met korte geblondeerde krulletjes, maar ze was een beetje dun. Nadat ze zich omdraaide om met haar vriendin te praten, zag ik dat haar bil ver naar achteren uitstak.

'Wat kun je me aanraden?' vroeg ik.

De korte geblondeerde krulletjes draaiden zich in mijn richting. 'Wat bedoel je?'

'Wat is hier lekker, om te eten?'

'Ik neem de Crispy Strips,' zei haar vriendin, die nog dunner was.

'Ik eet altijd de Hot Wings,' vertelde korte geblondeerde krulletjes.

Met een dienblad vol Hot Wings, een portie friet en een beker cola stond ik te wachten, klooiend met rietjes, servetten en zakjes mayonaise.

'Zal ik bij jullie komen zitten?' stelde ik voor toen ze klaar waren. Hun Hot Wings en Crispy Strips hielden ze op dienbladen. Ik zei: 'Het is druk.'

Ze keken elkaar snel aan. 'Eh... ja, is goed,' besliste korte geblondeerde krulletjes.

We zaten bij het raam en aten zwijgend. De Hot Wings bestonden uit een dikke laag gefrituurd bakvet, met een stukje kip in het midden.

'Hoe heet je eigenlijk?' vroeg ik.

'Ik ben Tiya,' zei korte geblondeerde krulletjes. 'En zij is mijn nichtje, Yolanda.'

Ik vroeg of ze in de buurt woonden.

Tiya schudde haar hoofd. 'We komen uit Oost. Daar hebben ze geen Kentucky.'

Aan het tafeltje achter Tiya zaten drie vrouwen. Ze droegen gewaden met wilde kleuren. Afrikanen waarschijnlijk.

'Aha,' zei ik tegen Tiya. 'Jullie komen hier voor de Kentucky.'

'Toch wel.' Tiya keek naar buiten.

'Weet je waar chickies helemaal gek van worden?' had Ryan gezegd in Het Vervolg, voordat het Rowanda-incident plaatsvond.

Ik vroeg: 'Waar worden chickies helemaal gek van?'

'Ze vinden het koel als je bruut bent.' Ryan had gezien hoe wittemannen het aanpakken. Die praten zes maanden voordat ze gaan ballen. Is niet goed. Je moet meteen duidelijk maken wat je wil. Daar hebben chickies respect voor.

'Ik vind je leuk,' zei ik tegen Tiya. Onze dienbladen waren leeg, behalve mijn Hot Wings. Tiya en Yolanda gingen zo opstaan. 'Maar je bent voor mij net te klein.'

Ze keek verbaasd. 'Wat bedoel je?'

'Ik hou van meer vlees.'

'Hij wil een dikke bil,' riep Yolanda. 'Vlezig.' De Afrikanen keken naar ons. Misschien waren het geen Afrikanen.

Ik zei, zachter dan Yolanda: 'Juist, een dikke bil.'

'Als je bil dik is, ben je sexy,' vond Yolanda. 'Ik wil ook een dikke bil. Ik moet meer eten.'

'Ga met mijn zus praten. Shangitha ziet er zo uit als jij wil.' Tiya stak haar handen een halve meter naar achteren uit. 'Ze heeft zo een dikke bil.'

Dokter Bornstein had ik afgezegd. Ik belde 's avonds, zodat ik het antwoordapparaat zou krijgen. Telefoon van mijn moeder nam ik niet op. Ik had geen zin in gezeur over de gemiste afspraak met de eloquente advocaat. Mijn ouders hadden net de maandelijkse toelage gestort. Als dat op was, zou ik verder zien.

Rowanda belde, terwijl ik een uitzending bekeek van *NOVA* waarin de beroemde columnist discussieerde met de eloquente advocaat over de vraag of iedere islamitische Nederlander moest worden gescreend op terrorismepotentie. Ik was verbaasd.

'Kom naar mijn huis,' zei ze. 'Ik moet je wat zeggen.'

Onder water

Op de Yacuzzisuite lagen overal Hello Kitty-spullen. Naomi moest altijd Hello Kitty om zich heen hebben. Ze had een Hello Kitty-kussen meegenomen, je wist niet wat er hier met de kussens was gebeurd, en haar Hello Kitty-tandenborstel en een Hello Kitty-kam en een Hello Kitty-tas met meer Hello Kitty-spullen. In de Hello Kitty-tas zat ook het nieuwe boek van Paulo Coelho, voor het geval ik in slaap zou vallen en zij wakker bleef.

Naomi had Hello Kitty-badschuim. We moesten terug het bubbelbad in. Wist ik echt niet wat ik wilde met mijn leven? Er was zoveel leuks in de wereld, het kon niet dat daar niets bij zat waar ik geïnteresseerd in was. Bij Psychologie leerde Naomi allemaal nieuwe spannende dingen, misschien was Psychologie het niet voor mij, maar ze hoopte dat er iets bestond waar ik net zo gepassioneerd over kon raken.

De bubbels kwamen tot halverwege de buik van Naomi. Door de bubbels heen zag ik het gedeelte van haar lichaam dat onder water was. Het was december, haar lichaam onder water was wit. Het gedeelte boven water ook.

Ze kon niet geloven dat ik alle kansen die wij hadden voorbij zou laten gaan, andere mensen deden een moord voor zulke kansen, de hele wereld lag voor me open, ik hoefde alleen iets uit te kiezen en dan kon ik het hebben, alles wat ik wilde kon geregeld worden, ik hoefde er maar naar te wijzen, dat was het voordeel voor mensen zoals wij en – ...

Ik probeerde hoe lang ik mijn hoofd onder water kon houden. Dertig seconden.

... – was het niet een goed idee als ik met een loopbaanadviseur ging praten, ze hadden tests en formulieren, aan de hand daarvan konden ze erachter komen waar iemand goed in was en wat een geschikt beroep zou zijn, ze konden je op weg helpen naar een opleiding of een sollicitatie die bij je paste en wanneer dat was gelukt konden we samen gelukkig worden, dan zou ik weer goed in mijn vel zitten en was het niet meer zo moeilijk tussen ons en –.

Boven water was één zwemslag genoeg om bij Naomi te komen. Ik zoende haar op de mond en trok ons allebei onder water. Toen we boven water waren vroeg ik of we nu op eerste kerstdag bij mijn ouders gingen eten of bij haar ouders. Het was bij mijn ouders.

Een speculaas

In de lift naar de flat van Rowanda lag poep. Het leek erop dat het niet van een hond was.

Ze was alleen thuis. 'Ze zijn naar de verjaardag van m'n tante,' zei Rowanda. 'Ik had geen zin.'

Die dag was er in de familie een drama geweest. Germaine, de vriendin van Clifton, had in zijn telefoon gekeken. Clifton had alle seks-sms'jes gewist, alle namen van bijvrouwen op achternaam opgeslagen en alle verdachte laatste oproepen weggehaald. Alleen het filmpje waarin hij Sandra aan het ballen was stond nog in zijn telefoon. Germaine had een baksteen door het raam van Cliftons slaapkamer gegooid. Vanaf de galerij kon je het gat zien. Er zaten kranten overheen geplakt.

Rowanda zat met haar armen over elkaar op de bank. 'Weet je wat jij bent?' vroeg ze. 'Je bent een speculaas.'

Ik ging op de andere bank zitten.

Een speculaas was een blanke die te veel met zwarte mannen omging. Die nam al hun slechte gewoontes over. Een speculaas was donker, maar niet helemaal. Volgens Rowanda was een speculaas gevaarlijker dan een neger.

Ze was voor me gaan staan. Ik bleef op de bank zitten. Bij een neger wist je wat je kon verwachten. 'Van jou dacht ik niet dat je zo was. Toen je de eerste keer naar me kwam, zag ik dat je respect had.'

Als zwarte mannen naar haar kwamen, zeiden ze: 'Je bent een ijsje. Je ziet er zo lekker uit dat ik je wil likken.'

Of ze zeiden: 'Je moet oppassen dat je niet gaat smelten. Zo hot zie je eruit.'

Rowanda deed voor hoe negers nooit naar haar gezicht keken, maar alleen naar haar boobies en haar bil. Ze waren niet lui met hun mond. Ik zei niet zulke dingen. Ik vroeg wat ze wilde drinken, ik was een gentleman.

Ze begon te huilen. 'Je ging met me lopen, je hebt me uit eten gebracht.'

Ik werd ook een beetje triest.

'Zwarte mannen willen niet met me lopen. Dan gaan hun andere vrouwen erachter komen. Ze willen alleen bij me thuis komen om seks te doen. Jij niet.'

Ik probeerde een vraag te stellen, het was een vraag die oprecht geïnteresseerd was bedoeld. 'Waarom werd je zo boos, toen in Grand Café? Als je vader en je broers meer vrouwen hebben –.'

Rowanda maakte een sissend geluid, de zogenaamde tjoerie, om me te onderbreken. 'Dat is jouw bla bla,' zei ze. 'Mijn vader en mijn broers zijn niet mijn man. Ik wil niet een man als mijn vader. Daarom ging ik met jou praten. Dat was het hele ding. Je snapt het niet.'

Ze was naar de keuken gelopen en kwam terug met een blikje Fernandes dat ze – ongeopend, smaak geel – naar mijn hoofd gooide. Ik kon net bukken. 'Ik wilde met jou omdat je geen liegman was. Maar je hebt tegen me gejokt. Je bent net als die andere liegmannen.'

Rowanda was goed genoeg om mee te ballen. Als ik ging trouwen nam ik een wittevrouw. Het kwam doordat ze zo donker was. Ik moest een lichtere sister nemen. Die paste beter bij mij.

Ik probeerde te vertellen dat ik juist zo donker mogelijk wilde, maar Rowanda liet me niet uitpraten. Ze vroeg: 'Wat heb ik aan jou? Je helpt me niet, je geeft me geen geld. Wat heb ik aan jou?'

Rowanda pakte een papiertje uit haar zak, met een gedicht dat ze had geschreven. Ze ging het voorlezen.

Ik blijf wie ik ben
Ik ben een zwarte vrouw
Ik verander voor niemand
Want ik ben een zwarte vrouw
Ik verander voor niemand
En zeker niet voor jou

Op de achterkant van het papiertje stond een ander gedicht dat ze had geschreven. Het ging over de slavernij. Rowanda had van Janine gehoord dat in Suriname de meeste slaven van joden waren. Het waren de grootste slavenhandelaars.

In een boek had ik gelezen dat joden tijdens de slavernij in Europa waren buitengesloten van handel drijven. Al zouden ze het gewild hebben, ze mochten niet meedoen aan de slavenhandel. Ik vroeg of Rowanda dat boek wilde lenen.

'Je bent grappig,' zei ze. 'Een boek. Wat moet ik met een boek? Alsof het dan waar is. Ik heb toch van ma gehoord hoe het in Su ging met slaven.'

Ik vroeg hoe het dan verder moest met onze verkering.

Rowanda wist het niet.

Ik wilde dat onze verkering door zou blijven gaan.

Daar moest Rowanda over nadenken.

In de lift lag nog steeds poep. Het was gaan stinken.

Bonsai-kerstboom

Een dag na de Yacuzzisuite.

Mijn vader wist niet of de vader van Naomi een intellectueel was. Hij had gestudeerd, en orthodontist was een eerzaam beroep, maar ons soort mensen deed dat niet. Orthodontisten waren een ander soort joden dan wij waren. De vader van Naomi reed in een zilverkleurige Mercedes SL300 met zwarte lederen bekleding. Een sportief model. Tweedehands, maar toch.

Mijn moeder had bedacht dat we op eerste kerstdag met z'n zessen gingen eten: Naomi en ik en onze ouders. Mijn vader wilde niet omdat die mensen niet echt onze vrienden waren. Mijn moeder vond het belangrijk om vrienden te zijn met de ouders van hun schoondochter.

Op tweede kerstdag vlogen mijn ouders naar Valencia. Ik ging dan eten bij de ouders van Naomi, met haar familie. Daar zat een internist bij, een manager van de ING Bank en een vrouw die voor de PvdA in de Amsterdamse gemeenteraad zat.

Op derde kerstdag vloog Naomi met haar ouders naar hun huisje bij het Meer van Genève. Daar bleven ze tot het nieuwe jaar. Ze gingen skiën. Naomi had gevraagd of ik meeging. Mijn standpunt was dat joden niet op ski's horen. Volgens mijn vader was dat nog een verschil tussen de familie van Naomi en die van ons. Ons soort joden doet niet aan skiën.

Ik liep naar het huis van mijn ouders. Het sneeuwde, er was een witte kerst.

Waarom ik met Naomi wilde zijn.
Ik kan haar vertrouwen.
Ze is grappig.
Ik ken haar familie en zij kent mijn familie.
Ze zorgt voor me.
Niemand kent me beter dan zij me kent.
Ze is aardig.
Ik voel me op m'n gemak bij haar.
Ze houdt van me, ik weet dat ze alles voor me zou doen.
Ik hoef niets aan haar uit te leggen, we begrijpen elkaar altijd.
Ze zou een goede moeder voor mijn kinderen zijn.
Ik kan met haar een mooi leven opbouwen.

Alles was wit in de straten tussen mijn huis en het huis van mijn ouders. Er lag zoveel sneeuw dat er geen verkeer op de weg was. Het gaf een behaaglijk gevoel, van: alleen mensen uit de buurt kunnen hier nu komen. We zijn onder elkaar.

Waarom ik niet meer met Naomi wilde zijn.
Het kan saai worden, en/of gevaarlijk, als iemand je te goed kent.
Ze is niet zwart en/of voluptueus.
Ik vind haar niet opwindend en/of spannend.
Er vallen geen nieuwe en/of verrassende dingen te beleven met iemand aan wie je niets hoeft uit te leggen.

We hadden verkering sinds we twaalf waren. Ik was eenentwintig en ik was nooit met iemand anders geweest.

Mijn vader vroeg of er sneeuw onder mijn schoenen zat. In zijn stoel in de woonkamer zat hij de krant te lezen. Op eerste kerstdag was er geen krant, maar de dag daarvoor waren er kranten met kerstbijlages. Die lagen allemaal om hem heen op de grond.

Ik riep: 'Ho ho ho, merry christmas.'

'Van mij hoeft het niet,' zei hij. 'Je moeder vindt dat we kerst moeten vieren.'

Ik vroeg waarom hij het dan niet boycotte.

Hij zei: 'Ik weet niet.'

Mijn moeder had zelfs een kerstboom gekocht. Niet een kerstboom op ware grootte, dat mocht niet van mijn vader, maar een soort bonsai van een halve meter hoog. Die paste op de onderste plank in de boekenkast. Er lagen cadeautjes naast.

Een feestje bouwen

'Rowanda is boos,' zei ik.

'Kan gebeuren,' vond Ryan. 'Kan gebeuren.'

We liepen door de Amsterdamse Poort. Ryan zocht een nieuwe dvd-speler voor in de slaapkamer.

Ik vroeg of hij en ik vrienden konden blijven.

'Tuurlijk man.' Ryan gaf me een hug. Het was een dinsdag, om drie uur 's middags. Ik kende verder niemand die op dit tijdstip met me kon praten.

Ik vroeg waarom Rowanda altijd over geld praatte.

Ik was naïef – Ryan moest even denken hoe hij dit het beste kon uitleggen. 'Zij geeft iets aan jou, het meest precious dat ze heeft, dus jij moet iets aan haar geven. Het is ruilhandel.'

Ik praatte nooit over geld.

'Jij hebt geld,' zei Ryan. 'Zo kan ik het ook.' Hij moest weten hoe het was gegaan met de Anti uit Grand Café. Had ze skills?

'Alessandra?' vroeg ik. 'Hoe bedoel je?'

'Was ze lekker? Wat heb je met haar gedaan?'

Was het niet raar als ik daar met hem over praatte?

Ryan vroeg waarom het raar zou zijn.

'Omdat ik verkering had met jouw nichtje?'

Hij probeerde duidelijk te maken dat de broederschap van mannen belangrijker moest zijn dan de relatie met vrouwelijke familieleden.

Bij de Arena Boulevard is een MediaMarkt. Daar hadden ze goeie dvd-spelers, dacht Ryan. Ryan bewonderde de JVC DR-MH30, een zilverkleurige dvd-speler waarmee je ook kon opnemen. Hij tilde het apparaat op en drukte op knopjes. 'Dope.'

Een moeder liep langs met een kinderwagen waar een baby in lag. Ryan zette de dvd-speler zo snel terug dat die bijna op de grond viel. Hij zei: 'Kijk Isidra.' Ryan rende achter haar aan.

De moeder was gekleed in een ouderwetse legging, met tijgerprint, lichtbruine sandalen waaronder paars gelakte teennagels, en een rood T-shirt met een plaatje van besneeuwde bergtoppen en de woorden ROCKY MOUNTAINS. Het haar droeg ze gestraight in een staartje. Ze was donkerbruin, met op haar wangen allemaal kleine zwarte negerinnensproeten.

'Kijk hoe dik die bil is.' Ryan fluisterde. Vorig jaar had hij een ploegendienst met haar gedraaid, met Steven en Iwan, twee matties van hem. 'Het was porno.'

Ik zei: 'Aha.'

'Ik ging als eerste,' zei Ryan. 'Natuurlijk.'

'Oké,' zei ik. 'Dan is het goed.'

Isidra was op de roltrap gestapt met de kinderwagen. Ryan rende er achteraan. 'We gaan een feestje bouwen,' riep hij naar mij. 'Ze woont vlakbij.'

Isidra stond boven, vlakbij de roltrap, een mobiele telefoon te bekijken. De Nokia N95. Er zat een videocamera op en een computer. Ryan pakte haar vast en drukte zijn spijkerbroek, daar waar de rits zit, tegen de bil van Isidra. 'Hé skatje,' zei hij in haar oor. 'Die kleine in de wagen is toch niet van mij?'

Toen Isidra zag wie het was, wilde ze weglopen. Ryan pakte haar bij de schouder. 'Wacht,' riep hij. 'Laten we even babbelen. Hoe lang heb ik je niet gezien?'

'Sinds die laatste keer.' Ze keek naar de grond.

Ryan begon te lachen. 'Was leuk toch?'

Isidra boog voorover en aaide over de wang van haar baby. 'Ik weet niet,' zei ze.

Ryan keek naar de baby. 'Jongetje of meisje?'

'Het is een meisje. Janelle.'

Ryan knikte met zijn hoofd naar mij. 'Dit is een jongetje. David. Een vriend van me.'

Isidra zei niets. Ze probeerde weg te lopen. Ryan ging voor de kinderwagen staan. 'Woon je nog steeds in dezelfde flat? Daar bij Hakfort? Met die box in de kelder?'

Ze keek naar de vloer. 'Ja, daar woon ik.'

Ryan stapte voor de kinderwagen vandaan, om iets in Isidra's oor te zeggen. Ik kon niet horen wat het was. Wel zag ik dat Ryan naar de roltrap liep, Isidra trok hij aan haar hand achter zich aan. Met de andere hand duwde ze de kinderwagen.

Een zwart fluwelen doosje

Naomi was in de keuken, om mijn moeder te helpen. Haar ouders waren er nog niet. In de keuken stond de radio aan (Sky Radio, non-stop kerstmuziek op The Christmas Station), dus ze hadden niet gehoord dat ik binnenkwam. Naomi en mijn moeder stonden met hun rug naar de deur. Ik keek hoe ze samen bezig waren. Ze praatten over Valencia en het Meer van Genève en over wat de moeder van Naomi morgenavond voor kerstmaal zou serveren.

Toen mijn moeder de kalkoen terugzette in de oven schrok ze omdat ze me niet had gezien. Voor de grap deed ze alsof ze heel erg schrok.

Naomi gaf een zoen op mijn mond. Ze zei dat ik aan het spioneren was om geheime informatie te verzamelen die ik tegen haar kon gebruiken als we getrouwd waren.

Mijn moeder speelde het spel met haar mee. Ik was ze stiekem aan het begluren. Naomi en mijn moeder deden vaak alsof ze met z'n tweeën tegen mij samenzweerden. De grap was dat mijn moeder natuurlijk nooit tegen mij zou samenzweren omdat haar loyaliteit altijd bij haar eigen kind zou liggen.

Naomi moest lachen omdat er sneeuw in mijn haar zat. Uit het keukenkastje pakte ze een handdoek om mijn hoofd af te drogen. Ze stelde voor dat we even naar mijn jongenskamer gingen, waar nu de grootste collectie sociaal-wetenschappelijke boeken van Nederland stond opgeslagen. Daar had ze een verrassing voor me.

Ik moest zitten. De helft van het bed op mijn jongenskamer was bedekt met dozen boeken. Op de andere helft zat ik, met Naomi naast me. Ze had mijn handen vastgepakt.

'Ik wilde even met je alleen zijn,' zei Naomi. In de Yacuzzisuite waren we om zeven uur in slaap gevallen. Om negen uur werden we wakker van de kamermeisjes op de gang. Omdat we de hele nacht in bad hadden gezeten gingen we niet onder de douche. We deden onze kleren aan en liepen zo het hotel uit. Daarna had ik haar anderhalve dag niet gezien.

Naomi hield een korte toespraak, terwijl ze mijn handen vasthield. Ze hoopte dat het volgende jaar beter zou worden dan dit jaar, dat we al onze problemen zouden overwinnen en dat ik alle informatie kon gebruiken die ik had verzameld door haar te bespioneren terwijl ze met mijn moeder praatte.

Haar cadeau wilde ze geven terwijl er geen andere mensen bij waren. Het zat in een zwart fluwelen doosje van de juwelier. Naomi hield mijn linkerhand vast terwijl ik het met mijn rechterhand openmaakte. In het doosje zat een zilveren met gouden polsband waarop onze voornamen door elkaar heen stonden, in zilveren met gouden letters.

Toen Naomi de band om mijn linkerpols deed, kregen we allebei tranen in onze ogen. Ik ben rechtshandig, maar ik draag mijn horloge aan mijn rechterpols. De eerste keer dat ik een horloge omdeed, zag ik dat mijn vader het om zijn rechterpols droeg. Hij is links.

'Jouw cadeau ligt beneden,' zei ik. 'Onder de bonsaikerstboom.'

Het was kerst. Naomi en ik deden alsof we voluit bij elkaar waren. Ik wist dat ik snel met haar moest praten, maar kerst was daar niet het geschikte moment voor.

Maat XL

De sleutel van de box lag boven. Ryan en ik bleven beneden, met de kinderwagen. Zodra Isidra weg was, begon Janelle te huilen. 'Ik weet niet of dit een goed idee is,' zei ik tegen Ryan.

'Rustig maar. Follow me. Ik ga eerst ballen. Kan jij zien hoe het moet.'

Na vijf minuten kwam Isidra met de sleutel. Ze keek ons niet aan terwijl ze de blauwe deur van de box openmaakte. Binnen stonden verhuisdozen, een kinderfietsje en een oud fornuis.

De muur bestond uit grijze bakstenen. Isidra zette de kinderwagen waar Janelle in lag met de voorkant naar de deur, die ze op slot deed.

Ryan pakte Isidra bij haar bil. De tijgerlegging trok hij langzaam omlaag. Hij zette haar handen tegen de muur, deed een condoom om, en ging van achteren naar binnen. Isidra keek naar de muur, ik keek naar de kinderwagen van Janelle, Ryan keek naar mij.

'Kom dan,' zei hij. 'Ik heb nog een condoom, maat XL.' Ryan was een keer in Amerika geweest, hij had familie in Florida. Daar kocht hij boxershorts van Rocawear. Die hadden een speciale kleine binnenzak waarin je een condoom kon bewaren. Ryan had altijd een condoom in de binnenzak van zijn boxershort. In Amerika hadden ze een merk dat Magnum heette, die waren extra groot. In Nederland hadden ze geen Magnum, maar wel Durex Comfort XL. Anders pasten ze volgens hem niet.

Hij vroeg: 'Wil je dat ze je gaat pijpen?'

Isidra bleef haar hoofd recht naar voren houden, naar de muur. Ze stond helemaal stil. Ryan bewoog met zijn heupen en hield in zijn linkerhand een pakje met een condoom erin. Het was de bedoeling dat ik het pakje uit zijn hand zou pakken.

Hij deed alsof het iets was dat je iedere dag deed, in een kelderbox je broek naar beneden trekken zodat je een condoom, maat XL, kunt omdoen, waarna een wildvreemde vrouw dat condoom in haar mond neemt, terwijl je ziet hoe de neef van je ex-vriendin dezelfde wildvreemde vrouw van achteren heeft geënterd, je weet niet in welke lichaamsopening en dat wil je ook niet weten, maar hij kijkt erbij alsof hij op de tram staat te wachten, je ziet dat de spijkerbroek van Ryan op zijn enkels ligt, met erop een rode boxershort met witte strepen, en je vraagt je af hoe het mogelijk is dat je hier terecht bent gekomen, is dit hoe de mensen die ze allochtonen noemen zich gedragen, en wanneer je nu je broek naar beneden trekt, hoor je dan bij de club van de mensen die ze allochtonen noemen en – stop.

In slow motion, net als in de film, zag ik hoe mijn hand werd uitgestoken naar de hand van Ryan, het leek wel de hand van iemand anders toen-ie het condoom uit het pakje haalde, en kennelijk had iemand mijn broek opengedaan, want ik keek naar beneden en zag dat ik het condoom al om had, Isidra steunde met haar armen om me heen tegen de muur aan, ik stond namelijk met mijn rug tegen de muur, en onder mij zag ik haar mond op en neer gaan en – nee, geen stop. Dit was niet in mijn hoofd, dit was echt.

Het was donker, ik had geen zin om met de metro naar huis te gaan. Ik wilde niet dat andere mensen naar me keken. Die konden aan me zien wat ik net had gedaan. Ik vroeg of er een taxistandplaats in de buurt was.

Ryan begon te lachen. Had ik hier in de buurt weleens een taxi gezien? In de Bijlmer kwamen geen taxi's, daar durfden ze niet te komen. De mensen gingen met snorders, dat was goedkoper. Die reden je voor tien euro naar de stad.

Hij bracht me naar een snorder die bij een parkeergarage stond te wachten. Het was een zwijgende oudere man die Stefano heette. Stefano had kort grijs kroeshaar en hij reed in een ongelooflijk afgeragde rode Mazda 323.

Boven op een lichtblauwe deken zat ik op de achterbank. Op de deken zaten allemaal vlekken. Iedere keer dat ik tegen Stefano zei dat hij rechtsaf of linksaf moest, knikte hij.

Ik bleef denken: wat als Naomi dit had gezien, hoe ik daar in die box stond? Als ze dit wist, kon ik dan nog terug, of vond ze het zo smerig dat ik voor altijd besmet zou zijn?

Stefano stopte bij mij voor de deur. De hele rit hadden we niets tegen elkaar gezegd, ook niet toen ik hem op het einde tien euro gaf.

Hoogtepunten

De hoogtepunten van twee kerstdiners.

Eerste kerstdag.

Naomi sneed niet alleen de kalkoen voor me af, ze sneed hem ook in stukken. Het bord dat ze voor me had opgeschept, met aardappelgratin en een salade van wilde spinazie, zag eruit als een schilderij. Het toetje, een aardbeienparfait met stracciatella-ijs, voerde ze me met een lepel.

Het gezicht van mijn vader toen de vader van Naomi begon op te scheppen over zijn nieuwe computer. Een Sony VAIO met internet over de hele wereld, zelfs in de woestijn of op de Noordpool, waarmee je dvd's kon kijken op bioscoopniveau en het werkte als een Tomtom en er zat iets op waarmee je –.

Mijn vader vroeg: 'Kun je er ook mee printen?'

Het gezicht van Naomi, en haar ouders, toen mijn vader opschepte over zijn nieuwe bril. Zodra de zon begon te schijnen veranderden de glazen in een zonnebril, het was revolutionair.

Het gezicht van mijn moeder toen ze vroeg hoe het smaakte en de vader van Naomi niet meer zei dan: 'Hmm, lekker.'

Hoe Naomi reageerde toen ze mijn cadeau openmaakte, dat ook in een zwart doosje zat, van een andere juwelier. Het was een paar grote ronde 24 karaats gouden oorbellen. Ze zei: 'Oooh, wat mooi.' Ik zag dat ze het meende.

Na het eten bleven we zitten aan de witte Jan des Bouvrie-tafel. Mijn vader sprak met de vader van Naomi over politiek. Hij kon zich niet voorstellen dat hij ooit op een andere partij zou stemmen dan de PvdA. De vader van Naomi had de laatste keer voor het eerst op de VVD gestemd.

De moeder van Naomi sprak met mijn moeder over de beste winkels in de buurt. De vraag was: is het sociaal wenselijk gedrag om boodschappen te doen op een markt, zoals de Albert Cuyp, of kan dat niet?

Na het toetje en het digestief, Calvados en Maraschino, en nog een toetje, een plank met vijf soorten Franse kaas, was Naomi naar huis gegaan.

Ik sliep toen ze belde. Het ging om een ruzie die Naomi had met Esther. De kwestie was dat ze allebei een tas hadden gekocht van Chloé waar ze een paar maanden voor hadden gespaard, het waren bijna dezelfde tassen, wie had het eerst besloten om een Chloé te kopen, maar eigenlijk ging de ruzie over wat de verstandigste studie was, met het oog op de toekomst, Psychologie of Medicijnen, maar het ging vooral om die keer dat ze een paar weken geleden samen naar de sauna waren gegaan en wie er toen het strakste uitzag. Naomi was een uur met Esther aan de telefoon geweest. Ze vertelde zo volledig mogelijk het gesprek met Esther na: dus zij zegt, en toen zei ik, dus zij zei, en ik had zoiets van –.

Ik vroeg of ze het erg vond als ik verder ging met slapen.

Tweede kerstdag.

Bij het kerstdiner praatte de familie van Naomi over werk.

De internist vertelde over zijn werk.

De manager bij de ING Bank vertelde over zijn werk.

De vrouw die voor de PvdA in de Amsterdamse gemeenteraad zat vertelde over haar werk.

Er was nog een rechter bij, een professionele autocoureur en een man die handelde in zonnebloemen. Alleen maar nette mensen. Die vertelden ook allemaal over hun werk.

Ik had niets te vertellen over mijn werk, dus ik keek naar mijn bord. Onder tafel pakte Naomi mijn hand vast. Ze fluisterde dat het goed zou komen. Als we hier over een jaar weer zaten, was alles anders.

Na het eten nam Naomi me mee naar haar kamer. Twee dagen familiebijeenkomsten was genoeg geweest. We moesten even alleen zijn.

Met haar hand aaide ze over een stuk bed naast haar, als teken dat ik daar moest komen zitten. Wist ik zeker dat ik niet mee wilde naar Zwitserland? Met easyJet kon ik er morgen zo heen vliegen.

Ik ging niet mee.

Naomi vroeg waarom.

Ik had een break nodig. Het betekende niet dat we definitief uit elkaar waren, ik moest alleen mijn gedachten ordenen, het was beter dat ik dat deed zonder haar.

Naomi zat met haar benen over de rand van het bed, met een Hello Kitty-kussen voor haar gezicht. Het was goed zo, ze was gewend aan het idee dat we uit elkaar gingen. Ik moest maar zeggen wanneer mijn gedachten geordend waren. Dan keek zij wel of ze nog beschikbaar was. Nu wilde ze alleen zijn. Kon ik alsjeblieft naar huis gaan?

Ik omhelsde haar. Ze liep niet mee naar beneden. Naomi bleef het Hello Kitty-kussen voor haar gezicht houden.

De deur naar de woonkamer stond open. Ik kon niet bij de voordeur komen zonder dat ze me zouden zien. De mensen van het kerstdiner zaten nog aan tafel. Ik stak mijn hand op, liep naar de deur en riep: 'Bedankt voor de gezelligheid.'

Groeten uit de rimboe

Ik lag op bed en keek naar het plafond. Er werd aangebeld. Rowanda stond voor de deur. 'Kun je naar beneden komen?' riep ze naar boven. 'Ik heb geen geld bij me voor die snorder.'

Ze was drie keer eerder bij me thuis geweest. 'Die snorder is een Afrikaan.' Rowanda deed haar jas uit en gooide die op mijn bed. 'Iedere keer probeert hij me te ballen.' Als je nee zei tegen Afrikanen bleven ze gewoon doorgaan. Het was vermoeiend. Maar ja, dit was de snorder die altijd bij haar flat stond.

Ze pakte de nieuwe cd van Mary J. Blige, die op tafel lag. 'Koop je nog cd's?' vroeg Rowanda. Waarom zou je geld betalen voor iets dat gratis was?

Ik pakte mijn telefoon om te kijken hoe laat het was. Rowanda vroeg of ze 'm even mocht hebben, ze moest iets opzoeken over een dag in april en de agendafunctie op haar telefoon was kapot.

Ik vroeg wat ze dan moest opzoeken.

'Of 23 april een maandag is en 26 april een donderdag. Geef gewoon even.'

Ik zette de agendafunctie voor haar aan.

Na een halve minuut hield Rowanda de telefoon voor mijn neus. 'Wie is dat?' Ze liet een foto zien die ik van Muriel had gemaakt. Op de foto had ze geen kleren aan.

'En nog een dyuka ook.'

Ik vroeg wat een dyuka was.

Een dyuka was een bosneger. Waarom wilde ik haar zo dissen?

Ik vroeg waarmee ik haar zo diste.

'Ja, met die dyuka,' riep Rowanda. 'Dat zijn geen mensen, het zijn dieren. Hoe ze daar wonen in het binnenland. Ze dragen niet eens kleren, die vrouwen lopen zo met hun tieten naar buiten. Het is Groeten uit de Rimboe, maar dan in Su.'

Ze gooide mijn telefoon tegen de muur. Het klepje aan de achterkant brak, de batterij lag eruit.

Tijdens mijn eerste excursie naar de kabula party hadden Reginaldo en Clyde me een cursus gegeven. Dat was in ieder geval hoe Clyde het noemde.

'Eén ding moet je weten over zwarte vrouwen,' zei hij. 'Je gaat kinderen met ze krijgen.'

'Als ze een bakra zien, tsss.' Reginaldo maakte een tjoerie. Het was een tjoerie die duidelijk moest maken dat er bij het zien van een bakra geen houden meer aan was.

'Er komen snel kinderen,' zei Clyde.

Reginaldo zei: 'En dan komt de ruzie.'

'Ik heb het niet over bounty's hè,' zei Clyde. 'Dit gaat over echte blaka's.'

'Dit is het probleem met zwarte vrouwen,' zei Reginaldo. 'Ze willen kinderen alleen opvoeden. Ze willen niet dat een man zich ermee bemoeit.'

'Het is een stille afspraak,' zei Clyde.

Reginaldo zei: 'Ze worden boos als de vader helpt met opvoeden. Dat mag niet.'

Clyde zei: 'Ze worden ook boos als de vader niet helpt met opvoeden.'

'En daarom moet ik geen zwarte vrouw,' zei Reginaldo.

'De enige goeie zwarte vrouw is mijn moeder,' besloot Clyde. 'En mijn oma.'

'Juist!' riep Reginaldo. 'Ik kan nu blonde chickies krijgen.'

Ik pakte mijn telefoon, Rowanda begon met schreeuwen. Over dat ik niet wist hoe moeilijk het was om haar te zijn: ze had twee kinderen van twee vaders, die allebei waren opgerot en niets voor hun kinderen deden, ze had geen opleiding en ze kon geen werk vinden, tenminste niet werk waar ze zin in had, ze had geen geld voor een eigen huis en ze dacht dat ze een goeie man had gevonden, die dingen voor haar zou doen, maar ik was een liegman, net als al die anderen, en ze hield niet van liegmannen, ze had mij niets meer te vertellen, als ze eerlijk was hadden we elkaar vanaf het begin niets te vertellen, ik moest oprotten naar waar ik vandaan kwam. 'Met je Oud-Zuid. Alleen maar nette mensen.' De laatste woorden sprak ze uit alsof ze moest overgeven.

In Oud-Zuid was ik de zoon van de baas van het enige fatsoenlijke programma op de vaderlandse televisie, hij was beroemd in Oud-Zuid, mijn moeder ook, omdat ze partner was op advocatenkantoor Korthals Altes, Schweitzer & Samuels, mijn vrienden zaten allemaal op de universiteit, ze wisten precies wat ze later wilden worden, bijna iedere dag werd aan mij gevraagd wat ik later wilde worden, als je niets bent en niet eens weet wat je wilt worden, dan is Oud-Zuid niet leuk, dan vinden ze je zielig, niemand zal het in je gezicht zeggen, maar je weet dat ze het denken, mijn problemen waren legitiem, alleen anders dan die van Rowanda en – stop.

Ze hield haar vuisten omhoog. 'Ik ga je klappen. Je hebt me bedrogen.'

Eerst sloeg ze in mijn buik, daarna pakte ze mijn hoofd om in mijn oor te bijten. Het voelde alsof ze mijn oor wilde afbijten. Terwijl ik haar mond probeerde open te trekken, gaf Rowanda een knietje in mijn onderbuik. Het lukte me om te ontsnappen. Aan mijn oor zat allemaal bloed.

Met haar wijsvinger voelde Rowanda aan haar gouden tanden. Ze pakte haar jas en smeet de deur open. 'Ik ga Clifton en Delano naar je toesturen,' riep ze. 'Ze slopen je.'

Ik deed de batterij in mijn telefoon en zette het klepje erop. Het was een spannend moment, maar er kwam gewoon te staan: Vodafone.

Actie

Shangitha, de zus van Tiya, uit de Kentucky, nam de telefoon op met: 'Hallo?'

'Dag schoonheid,' zei ik. 'Ik ben David. Wie ben jij?'

Ze ging me hangen als ik niet vertelde hoe ik aan haar nummer kwam.

'Van je zusje?' zei ik. 'Ik ken haar uit de Kentucky.'

'O ja, van Tiya.' Shangitha moest even nadenken. Op de achtergrond waren gillende kleine kinderen te horen. 'Jij wilde toch mijn dikke bil?'

Ik zei niets.

Ze schreeuwde hard tegen de gillende kinderen. 'En nou je bek houden,' hoorde ik door de telefoon. En: 'Ik ga de riem pakken.'

Ik vroeg: 'Alles onder controle daar?'

'Ja.' Shangitha was terug bij haar normale stem. De televisie stond aan, op maximaal volume. Amerikaanse soap op RTL4.

'Hoe heten je kinderen?' vroeg ik.

'Dwight is het jongetje en de kleine meid heet Tawana.'

'Mooie namen.'

'Ja hè,' vond Shangitha. 'Ik kijk iedere keer naar het einde van Amerikaanse black movies, als ze de namen van die acteurs laten zien. Daar kan je goeie namen vinden.'

'Zal ik zo naar je toe komen?'

'Je gaat niet naar me toe komen.' Shangitha praatte op

de toon waarmee ze de kinderen had toegesproken. Het geschreeuw begon weer, zo te horen van Dwight.

'Eh... oké,' zei ik. 'Spreek je later dan.'

Ik hing bijna op. Shangitha wilde me nog iets vertellen. 'Denk niet dat ik dom ben. Ik zit op school, weet je.'

'Dat is goed van je,' zei ik. 'Gefeliciteerd.'

Shangitha zei: 'Je diploma is je man.'

Saskia werkte bij de Kruidvat in de Ferdinand Bolstraat, vlakbij de Albert Cuyp. Haar naam zat op een rood bordje op haar linkerborst geplakt. Die borsten waren cup F – minstens. Ze stond achter de kassa. Terwijl ik een tube Aquafresh en een Oral B-tandenborstel afrekende, vroeg ik: 'Saskia? Wat is dat voor naam voor een zwarte vrouw?'

Ze keek naar de rij die achter me stond, het was een lange rij, en vertelde dat haar oma ook Saskia heette. Haar opa heette Karel en haar moeder heette Jet. Karel en Saskia waren dood, Jet leefde nog. Gelukkig.

Het was half zes. Ik vroeg of ik mocht wachten tot ze klaar was met werken.

Saskia vroeg: 'Probeer je me te regelen?' Ze was al twee klanten verder.

Ik zei: 'Maar natuurlijk niet.'

Om vijf over zes dronken we een milkshake in de McDonald's aan de Albert Cuypstraat. Saskia had aardbeien, ik banaan. Om half zeven zei Saskia dat ze even weg moest, later op de avond zou ze naar me toe komen. Haar nummer mocht ik niet hebben, zij noteerde alleen mijn nummer.

Omdat ik haar nummer niet had, zou zij mij bellen. Ze had alleen geen beltegoed meer, dus ik moest haar twintig euro geven. Voordat Saskia wegging vroeg ze of ik een Big Mac kon kopen, voor onderweg. Die nam ze mee in een bruine McDonald's-take-away-zak.

Ik hoorde nooit meer iets van Saskia.

Lynn zat op een bankje naast de Albert Heijn tegenover het Concertgebouw. Ze droeg een korte lichtblauwe rok en at een appel. Viktor, of Rolf, een van de twee modeontwerpers, liep voorbij in een zwart pak met wit overhemd en zwarte leren schoenen en een bril met zwart montuur. Hij liep in de richting van de P.C. Hooftstraat.

Lynn stond op van haar bankje en rende achter hem aan om te vragen: 'Ben jij Viktor of ben je Rolf?' Ze had een schelle stem, alsof ze een vogel was.

Hij gaf geen antwoord en liep door. Lynn liep ook door, maar dan de andere kant op, terug naar de Albert Heijn. Ik rende achter haar aan en vroeg: 'Ben jij een bounty of een echte negerin?'

Ze zei dat ze een echte negerin was. 'Natuurlijk.'

Ik vroeg hoe het dan kon dat ze wist wie Viktor en Rolf waren.

'Wat is dat?' vroeg Lynn. De bovenste knopen van mijn overhemd waren open. Ze kon de gouden davidster zien die aan een gouden ketting om mijn nek hing. 'Ben je voor Ajax?'

Ik zei dat het was omdat ik joods ben. Zodat de mensen konden zien dat ik niet een Marokkaan ben.

'O ja,' zei Lynn. 'Dat betekent het ook nog. Joods.' Ze dacht inderdaad dat ik een Marokkaan was, maar ze ging toch met me mee.

In mijn kamer hangt een grote spiegel aan de muur. Lynn stelde voor dat zij bij de spiegel voorover zou buigen. 'Dan hebben we iets om naar te kijken.'

Ze pakte een condoom uit een tasje waar met grote

gouden letters D&G op stond. Zonder iets te zeggen trok ze haar lichtblauwe rok uit. Ze droeg een zwarte string. Die hield ze aan, maar ze deed 'm een beetje opzij. Ze zette haar handen tegen de muur en zei dat ik moest komen.

Een paar minuten later keek ik, vanachter haar bil, in de spiegel naar onze bezwete gezichten. We zagen eruit alsof we nodig naar de wc moesten. Ik wilde niet mijn eigen gezicht zien terwijl ik doggystijl deed met Lynn. Ik wilde niet Lynns gezicht zien terwijl ze doggystijl deed met mij. Even dacht ik: wat ben ik aan het doen?

Lynn bleef slapen. 's Nachts werd ik wakker. Ik voelde iemand naast me liggen. Ik wist niet wie het was, maar ik ging op haar liggen. Terwijl ze sliep liet Lynn haar benen uit elkaar duwen. Na vijf minuten vroeg ze: 'Maak je me daarvoor wakker?' Toen hoorde ik dat het Lynn was.

Margreet droeg een strakke donkerblauwe spijkerbroek van Apple Bottoms. Apple Bottoms is een merk dat speciaal wordt gemaakt voor zwarte vrouwen, met ruimte voor een dikkere bil. Het was donderdag, koopavond. Ik liep achter haar aan over de Nieuwendijk. Het was mooi om te zien hoe haar bil heen en weer bewoog bij het lopen.

Ik ging naast haar lopen en vroeg of ze goed kon koken. Had ze ook een specialiteit?

Ze liep door.

Ik vroeg of ik mijn hand op haar bil mocht leggen, zodat ik kon voelen hoe die heen en weer bewoog.

Ze deed alsof ik een grapje maakte.

'Maar hoe heet je nou?'

'Margreet.' Ze liep verder.

Ik probeerde dezelfde grap te maken als bij Saskia, dat Margreet niet een naam was voor een zwarte vrouw.

Ze moest niet lachen. Wel stopte ze met lopen. We stonden voor Tip de Bruin.

'Dit is toch een Marokkanenwinkel?' vroeg ze. 'Hier kopen Marokkanen kleren.'

Ik zei dat het waar was.

Margreet vroeg of ik ook een Marokkaan was.

Ik zei van niet. Ze leek meer op haar gemak, dus ik vroeg: 'Hou je van actie?'

Margreet vroeg: 'Wat voor actie?'

'Gewoon, actie,' zei ik. 'Jij en ik in actie.'

Ze draaide zich om en liep richting Dam, zonder iets te zeggen. Ik liep niet achter haar aan.

Me llamo Almeda

De metrohalte die na Ganzenhoef komt heet Kraaiennest. Kraaiennest heeft een overdekt winkelcentrum waar de enige getto-Albert Heijn van Nederland is gevestigd. De meeste Albert Heijns, al staan ze in het getto, zien er netjes uit vanbinnen. Het blijft duidelijk dat dit geen C1000 is, of een Aldi. Niet deze Albert Heijn. Spullen stonden nog in dozen, overal lag eten op de grond, ze hadden geen schoon fruit, alleen van dat half verrotte.

In het winkelcentrum is, naast De Lekkere Dingen Bakker, ook een bar-dancing: Café Kraaiennest. In het midden van Café Kraaiennest stond een pooltafel, op het plafond zaten zwart-witte tegels. Er werd Dominicaanse muziek gedraaid. Iedereen die café Kraaiennest bezocht, moest een adres opgeven en een recente pasfoto. Zodat ze je wisten te vinden als je de boel afbrak of iemand omlegde.

Achter de bar stonden mannen die eruitzagen alsof ze een pistool in hun zak hadden. Het waren Indiërs, uit India, die zeiden dat ze allemaal met Dominicaanse vrouwen waren getrouwd.

Achter de bar stonden ook doorzichtige ijskasten, gevuld met van die kleine flesjes Moët & Chandon en grote flessen Alizé, in de smaken Gold Passion en Red Passion. De clientèle van Café Kraaiennest bestond uit Dominicanen, en een paar Antillianen. Ze schreeuwden naar elkaar in een combinatie van Spaans en Papiaments.

Thuis had ik mijn keppeltje gevonden. Het was een zwarte fluwelen, met gouden borduurwerk, die achter de kast was gevallen. Een erfstuk van mijn overgrootvader. De opa van mijn moeder, van de tak van de familie die naar Sobibor was gebracht. De familie van mijn vaders kant waren meer Auschwitz-mensen.

De laatste keer dat ik het had gedragen was op de begrafenis van mijn oma, de moeder van mijn vader. Ze was niet joods, maar mijn vader dacht: als iedereen een keppeltje opdoet, denken ze allemaal dat mijn moeder joods was.

De vader van mijn vader was thuis met acht kinderen. Na de oorlog waren er twee over. De ouders waren in Auschwitz gebleven. De twee ooms die wel terugkwamen, hadden ook in Auschwitz gezeten. De ene oom praatte nooit over iets anders dan de oorlog. Iedere keer dat ik hem zag, deed hij zijn hemd omhoog om het nummer te laten zien dat op zijn arm stond getatoeëerd. De andere oom zei nooit iets. Niet over het weer, niet over de oorlog, niet over wat er in zijn hoofd was omgegaan de laatste zestig jaar. Hij zweeg.

Ik vond het keppeltje toen ik de kaart van Amsterdam op de grond uitvouwde, om te kijken waar Kraaiennest precies lag.

Met het keppeltje op mijn achterhoofd zat ik aan de bar, naast een man met een nek vol tatoeages en een bord vol rijst en bonen en chuleta's. Hij knikte naar mij en, snel, naar de vrouw die de volgende barkruk vulde. Ze was meer een latina dan een negerin, met steil haar dat ze geblondeerd in een staartje droeg. 'Como estas?' vroeg ze.

Ik antwoordde: 'Goed hoor,' maar dan in het Spaans.

Het voordeel van een gymnasium is dat er Latijn wordt onderwezen. Dat helpt later bij het communiceren met de chicita's.

Ze pakte mijn hand en legde die op haar been. 'Me llamo Almeda.' Ik liet mijn hand op haar been liggen. Almeda vroeg of ik een glaasje Alizé voor haar wilde kopen, smaak Gold Passion. En ze vroeg of ik uit Zuid-Amerika kwam. 'Je Spaans is niet zo goed,' vond Almeda. 'Maar die zwarte haren heb je nog steeds.'

'Nee echt,' zei ik. 'Ik ben een Nederlander.'

'Jij bent geen gringo.' Almeda deed alsof dit het raarste was dat ze ooit had gehoord. 'Tegen mij kun je niet jokken.'

Ik pakte Almeda's hand en legde die op mijn hoofd, boven op het keppeltje. Ze vertelde dat ze in een flat vlakbij woonde en nodigde me uit om later op de avond op bezoek te komen. Ook riep ze een paar keer: 'Ai papi,' terwijl ze mijn arm aanraakte. Voor het bezoek aan haar huis verwachtte ze een kleine financiële vergoeding, maar volgens Almeda moest dat geen probleem zijn.

De man met de nek vol tatoeages begon op luide toon te praten met een andere man. Het was een kleine man, die leek op Al Pacino in de rol van Scarface. De Scarface van tegen het einde van de film. In hun conversatie viel een paar keer de naam Almeda.

Almeda en ik praatten verder, over haar specialiteit bij het koken (varkensvlees, maïssoep en toetjes), wonen in Kraaiennest (levendig maar gezellig) en de hobby's die ze had als klein meisje in de Dominicaanse Republiek (kleding kopen, uitgaan en bioscoopbezoek).

De Indiër achter de bar schoof een papiertje naar me toe, zo'n kleine langwerpige met het logo van Amstel-bier.

Op het papier stond het bedrag geschreven dat ik hem schuldig was.

Ik bedankte hem voor het papiertje. Maar ik had niet om de rekening gevraagd.

'Toch zou ik weggaan als ik jou was.' De Indiër bewoog met zijn hoofd in de richting van de dubbelganger van Scarface. Die keek boos, in mijn richting. Ik betaalde snel.

Buiten zag ik metrostation Kraaiennest aan de ene kant en, toen ik omkeek, Scarface aan de andere kant. Ik rende met mijn hand op het keppeltje, zodat-ie niet van m'n hoofd zou waaien. Scarface rende achter me aan en schopte op het juiste moment tegen mijn standbeen. Ik viel met mijn handen naar voren. De voeten van Scarface kwamen hard aan. Hij droeg lichtbruine Timberlands onder een donkerblauwe spijkerbroek met opgerolde pijpen.

Ik lag naast het basketbalveldje bij Kraaiennest, waar de hele dag mensen zijn. Om half twee in de nacht was er niemand. Scarface schopte op mijn buik en vier keer in mijn gezicht.

Daarna schopte hij tegen mijn zij, om me op mijn rug te leggen. Ik lag stil. Scarface pakte uit mijn jaszak geld en creditcards – een Mastercard (Gold) en American Express (Ivory). Het keppeltje liet hij op de grond liggen. Ik moest overgeven.

Hij liep terug naar café Kraaiennest. In Engels met Spaans accent riep Scarface: 'Niet meer terugkomen! Wat moet je hier?'

Wat moest ik hier, ik hoorde niet bij deze mensen, ik had niets gemeenschappelijk met Almeda of met Scarface of met wie dan ook de bezoekers waren van café Kraaiennest, ik hoorde gewoon bij Naomi, maar hoe moest ik terug naar haar, in Oud-Zuid lukte het ook niet, dus er bleef niets over om heen te gaan, waar moest ik naartoe, voorlopig ging ik nergens naartoe want ik kon niet opstaan, waarom lukte het iedereen om ergens te komen, behalve mij en – stop.

Een moreel dilemma

Dokter Bornstein vroeg: 'Waarom zwarte vrouwen?'

Ik vroeg: 'Omdat ik Hollanders niet vertrouw?'

'Maar waarom zwarte vrouwen?'

'Ik weet niet.' Ik wees naar buiten, door het raam. 'Heb je weleens gekeken naar de mensen die hier rondlopen?'

Op het bureau van dokter Bornstein lagen de Michelin-gidsen van de Benelux en Frankrijk. Hij ging met mevrouw dokter Bornstein op autovakantie. Het was de hobby van dokter Bornstein om langs kastelen te rijden en langs restaurants met Michelinsterren in de buurt van kastelen.

'Je houdt niet van de mensen die hier buiten rondlopen,' zei dokter Bornstein. 'Maar waarom speciaal zwarte vrouwen?'

Ik praatte in een robotstem, met allemaal korte zinnetjes achter elkaar.

'Ze verrassen me. Je weet nooit wat ze gaan doen.'

'Ik vind ze spannend.'

'Ze ruiken anders.'

'Het is rauwer, maar toch zoeter.'

'Naomi ruikt zoals mijn moeder ruikt.'

'Ze komen uit een culinaire cultuur waarin het gebruik van peper, zout en kruiden is toegestaan.'

'Ze hebben ritmegevoel.'

'Hun bil is niet plat.'

'Ze zijn vrolijk. Geen autisten zonder spontaniteit, zoals jullie.'

Dokter Bornstein had zijn citroengezicht opgezet, alsof hij daar net in had gebeten. 'Is het omdat ze het grootste contrast zijn dat je kunt vinden?' vroeg hij. 'Met de mensen die hier in de buurt rondlopen?'

'Ik weet niet.' Ik keek naar mijn schoenen. Rode old skool Puma's, helemaal clean.

'Je denkt dat mensen vinden dat je op een Marokkaan lijkt,' zei dokter Bornstein. 'Waarom geen Marokkaanse vrouw?'

'Dat is te veel gezeur.' Ik moest zuchten. 'Je krijgt al die boze broers en neven erbij.'

Dokter Bornstein vond het nog steeds niet een plausibele reden.

'Niet alles hoeft een reden te hebben,' zei ik. 'Het leven is niet altijd 1 + 1 = 2. Zo denken jullie, maar ik niet.'

Bij dokter Bornstein was niets bekend over een verschil tussen jullie en ik. Hij en ik waren hetzelfde. 'Kun je uitleggen wat het verschil is?' vroeg hij.

'Ik heb zwart haar. Ik voel me beter bij mensen die eruitzien zoals ik.'

Vroeger had dokter Bornstein ook zwart haar, voordat het grijs werd en voordat hij kaal was geworden. Hij begon aan een verhaal over de judeo-christelijke traditie. Na de diaspora en eeuwenlang rondzwerven over de wereld was dit de meest natuurlijke woonplaats voor ons. Wij hoorden hier, in West-Europa.

Het was in de zomer dat ik van de middelbare school kwam. Mijn vader vond dat het tijd werd dat ik ging meedoen aan het opiniemakersoverleg. De zoon van de beroemde columnist zat er ook bij. Hij heette Diederik.

Diederik was jonger dan ik. Hij zat al op de universiteit. Op de lagere school had hij een jaar overgeslagen. Tijdens het opiniemakersoverleg zei Diederik dingen als: 'Volgens mij durft Europa niet tegen de buitenlandse politiek van Amerika in opstand te komen omdat ze de schuld van de Tweede Wereldoorlog nog voelen.'

Of hij zei: 'De achterliggende reden voor de oorlog in Irak is dat Bush junior wraak wil nemen voor Bush senior. Hij wil het werk afmaken. En het gaat om olie natuurlijk.'

Het waren dingen die zo voor de hand lagen dat je ze niet hardop zei. Ik zei ze niet hardop, Diederik wel. Nadat hij zoiets had gezegd, keken alle leden van het opiniemakersoverleg naar hem.

'Interessante observatie,' zeiden ze. Ze vonden het bijzonder dat Diederik al zulke observaties kon maken. Ik zou ook hardop dingen kunnen zeggen die iedereen eigenlijk al wist, maar het lukte me niet. Het zat niet in me. In mijn hoofd was het meer iets voor mijn vader en zijn zogenaamde vrienden, om hardop dingen te zeggen over grotemensenzaken.

Omdat Diederik die dingen hardop zei, dachten mijn vader en mijn moeder dat hij slimmer was dan ik. Mijn moeder vroeg een keer waarom ik niet was zoals Diederik. Hij was zo ijverig en ambitieus. Vroeger toen we klein waren, speelden we samen, we waren op dezelfde manier opgegroeid, er was geen verschil tussen ons, maar waarom was Diederik dan zo druk bezig om iemand te worden en ik niet?

Ik vond Diederik een uitslover en een aansteller. Alle dingen die hij deed, kon ik ook doen. Ik koos ervoor om ze niet te doen.

In het begin, toen ik net van het gymnasium kwam, informeerde mijn vader nog naar mijn plannen. Later vond hij het te pijnlijk om erover te praten. Als mijn moeder vroeg wat ik wilde worden, en waarom het zo moeilijk was om een studie te kiezen, en dat ze niet wist wat ze tegen haar vrienden moest zeggen, omdat al hun kinderen wel op de universiteit zaten – dan pakte mijn vader snel de krant of hij liep naar de andere kamer.

Bij het opiniemakersoverleg deed hij geheimzinnig toen de hoofdredacteur van de kwaliteitskrant vroeg: 'Hoe gaat het met jou, David?'

Hij had gevraagd hoe het met me ging, niet wat ik deed.

Mijn vader zei: 'David is bezig met iets groots.' Met zijn handen maakte hij een gebaar dat duidelijk moest maken dat het groot was, maar dat er niets over kon worden verklapt. De rest van de avond durfden mijn vader en ik elkaar niet meer aan te kijken.

Dokter Bornstein probeerde het nog een keer. 'Je moet toch weten waarom je de dingen doet zoals je ze doet?'

Ik had geen wetenschappelijke argumentatie voor de dingen die ik deed. Volgens dokter Bornstein bestond voor alles een rationele verklaring.

Op die manier ging ik niet door het leven. Niet iedereen weet altijd waarom ze de dingen doen zoals ze die doen. Er bestaan ook mensen die gewoon dóén.

Op het einde had ik een vraag. 'Over iets waar ik mee zit,' kondigde ik aan. 'Een moreel dilemma.'

Dokter Bornstein zei: 'Ik luister.'

Het ging over de borstverkleining van Muriel, dat ik haar minder aantrekkelijk zou vinden na een operatie. Maakte dat me een slecht mens? Ik wist dat het slecht was, en oppervlakkig, om mensen op hun uiterlijk te beoordelen, maar ik moest eerlijk zijn. Tegen mezelf en tegen Muriel.

Dokter Bornstein wist niet zeker of het me een slecht mens maakte. Hij dacht van niet.

Eerste hulp

Mijn linkeroog kon niet open omdat het vol zat met opgedroogd bloed. Ik had buikpijn. Het had een halfuur geduurd tot ik een snorder vond die me naar huis wilde brengen.

De vrouwenstem met Surinaams accent die me wakker belde, zei: ‘Goedemorgen switie.’ Gelukkig zat mijn telefoon de vorige avond niet in mijn jas, maar in mijn broekzak. Daar had Scarface niet gekeken.

Ik vroeg: ‘Hallo?’

‘Bel me terug, ik heb geen beltegoed. Ik ben kras. Je moet seks met me komen doen.’

Ik wist niet van wie de stem was. Nadat ze ophing keek ik met mijn rechteroog op het display. Geheim nummer. Met mijn rechteroog zag ik dat al mijn vieze kleren op de grond lagen, naast het bed. In de spiegel zag ik dat er ook op mijn kin opgedroogd bloed zat, en op mijn voorhoofd. Op de wc gaf ik over. Er kwam bijna niets meer uit. Ik had hoofdpijn.

Het was twee uur ’s middags. De metro zat vol studenten die onderweg waren naar het AMC. Tegenover me zaten twee blonde studentes. Ze zeiden niets, ze wezen niet naar me, maar non-verbaal maakten ze aan elkaar duidelijk: wat een vieze Marokkaan met al dat bloed op zijn gezicht.

Naomi belde. Ze had al een paar keer gebeld. Ik drukte haar steeds weg. Meestal stuurde ze een minuut later een sms.

Een keer schreef ze:

IK WILDE ALLEEN WELTERUSTEN ZEGGEN, EN DAT IK JE MIS. XXX

Een andere keer was het:

ALLES GOED MET JE? IK MIS JE NOG STEEDS. X

Of ze schreef:

X-JES NAOMI

Deze keer drukte ik haar niet weg. 'Sorry dat ik eerder niet opnam. Hoe gaat het met jou?'

Hoe die twee blonde studentes elkaar aankeken toen ze hoorden dat ik niet met een Marokkanen-accent praatte, maar netjes in het Nederlands, dat vond ik mooi.

Het ging goed met Naomi, ze wilde mijn stem even horen. Ik vond het ook prettig om haar stem te horen.

'Maar hoe gaat het met jou?' vroeg ze. 'Wat heb je gisteren gedaan?'

Ik zei dat ik niets had gedaan, rustig thuis gebleven.

'Denk je weleens aan die nacht in de Yacuzzisuite?' vroeg ze. 'Waar we het toen over hadden?'

Daar dacht ik weleens aan.

Naomi begon aan een verhaal over hoe ze me wilde helpen en hoe we, als ik gelukkig was, samen gelukkig konden worden.

Ik wilde gelukkig worden en ik geloofde dat Naomi me gelukkig kon maken. De telefoon hield ik bij mijn oor, maar ik kon het niet goed aan om nu haar stem te horen, en de dingen die ze vertelde. De telefoon was in mijn linkerhand, op mijn rechterhand zat bloed. Het zou kunnen dat mijn rechterpink was gebroken.

Naomi praatte over een loopbaanadviseur en andere mogelijkheden die ze had gevonden om erachter te komen waar ik goed in was en wat een geschikte opleiding voor mij zou zijn en hoe ze me daarbij kon helpen.

Ik zei dat de metro een tunnel inreed en ik hing op.

Bij halte Strandvliet werd er gebeld vanaf een geheim nummer. Ik vroeg: 'Hallo?'

Een vrouwenstem met Surinaams accent, volgens mij was het dezelfde, vroeg waarom ik niet had teruggebeld, ze zei toch dat ze geen beltegoed had.

'Ik wilde je bellen,' zei ik. 'Maar ik heb ook geen beltegoed.'

Ik moest niet jokken, ze hield niet van mannen die jokken. En ze hield niet van gierige mannen.

In mijn hoofd probeerde ik uit te rekenen wie het was. Misschien was het Shangitha, die had besloten dat ik toch haar grote bil mocht hebben. Of het kon Muriel zijn, of Lynn.

Het was te laat. 'Ik moest gisteren nog aan je denken,' zei ik. 'Ik heb die kaartjes voor Kanye West gekocht.'

'Je weet niet wie je aan de telefoon hebt hè, vieze boeler,' riep de stem aan de telefoon. 'Daarom belde je niet terug.' Ze hing op. Voor de zekerheid keek ik nog een keer op het display. Het was echt een geheim nummer.

Bij metrohalte Holendrecht ging ik onder aan de roltrap rechtsaf, met de blanke passagiers, naar het AMC. De afdeling eerste hulp was op verdieping -1. Er zaten veel buurtbewoners, maar de dokters waren blank. In de wachtkamer lag de *Metro*. Er stond op:

CDA WIL TERUGKEER NAAR HOLLANDSE NORMEN EN WAARDEN

Het ging over het partijcongres van de vorige avond.

Twee meisjes praatten in Afrikanen-Engels met elkaar. Ze waren niet ouder dan achttien. De ene was zwanger, de andere hield een witte handdoek met allemaal bloed erop om haar hand heen.

Die met de bebloede hand zei: 'Als ik Mike te pakken krijg, gaat hij ook bloeden.'

'Goed voor je.' De zwangere stond langzaam op. 'Ik ga naar boven, mijn afspraak is over vijf minuten.'

De bebloede hand vroeg: 'Komt Jason niet mee?'

'Jason is nog niet één keer meegekomen,' zei de zwangere.

Aan de muur hing een bord met een mobiele telefoon, waar een rode cirkel omheen stond en een rode streep erdoor. Op mijn telefoon zat een functie waarmee je de nummerherkenning in- en uit kon schakelen. Ik stelde 'm zo in dat wie ik nu zou bellen mijn nummer niet kon zien.

Rowanda riep: 'Hallo?'

'Hallo. Hoe gaat het?'

'Met wie spreek ik?'

'Belde jij mij net?'

'Met wie spreek ik?'

'Belde je me daarna weer?'

'David? Ga je me bellen met een geheim nummer?'

'Ik werd net gebeld door iemand die zei dat ze kras was. Was jij dat?'

'Ik heb je niet gebeld.' Rowanda hing op.

Het duurde anderhalf uur voordat ik werd geholpen. In een ziekenhuis duurt het wachten zo lang dat je niet meer ziek bent tegen de tijd dat de dokter komt. Ik voelde nog wel wat pijn, maar het was niet zo erg als toen ik wakker werd.

De dokter was een blonde vrouw die er niet uitzag alsof ze dit werk lang deed. Ze gaf me paracetamol voor de hoofdpijn en zei dat ik de komende dagen rustig aan moest doen.

Op de begane grond van het AMC, bij de hoofdingang, liepen twee zwangeren naar binnen, terwijl ik net naar buiten wilde lopen. De ene zwangere zei, in Nederlands met Surinaams accent, tegen de andere: 'Wat denk je, dat Glen wel voor dit kind gaat zorgen? Tuurlijk niet.'

De andere antwoordde met een tjoerie.

Ik liep niet naar buiten. Ik liep, achter de twee zwangeren aan, terug naar binnen.

Seks-sms

De ouders van Daan waren op vakantie. Daan, Bas en ik zaten in hun woonkamer. We keken uit het raam. Het was een groot raam, met uitzicht op het Concertgebouw. De straat was afgezet omdat er een concert werd gehouden waar de koningin bij moest zijn. Het was de laatste keer dat Bas, Daan en ik zo bij elkaar zaten.

Ik zei: 'Ik vind het opwindend als ze een telefoon in haar decolleté heeft.'

'Hoe kan dat nou?' vroeg Bas. 'Een telefoon in haar decolleté?'

'Het kan niet,' zei Daan. 'Hij praat willie wartaal.'

Ik bedoelde in het spleetje van het decolleté.

Bas en Daan staarden allebei uit het raam, maar ik had gezien dat ze eerst snel naar elkaar keken.

De koningin stapte in haar auto, het concert was afgelopen. Het was elf uur 's avonds. Daan en Bas aten samen een pizza 4 stagioni. De pizzadoos lag op tafel bij Daan, Bas zat op de bank. Iedere keer dat Bas een slice wilde pakken, moest hij opstaan en naar Daan lopen. Dat vond Daan mooi.

Alleen met Bas en Daan praten vond ik te saai. Het was niet genoeg. Ik stuurde sms'jes naar Rowanda en Naomi en ook naar Lynn – die ene die aan Viktor, of Rolf, had gevraagd welke van de twee hij was. Als ik sms'te had ik iets spannends te doen. De bedoeling was dat het seks-sms'jes werden.

Aan Naomi stuurde ik:

HOE GAAT HET NU? X

Aan Rowanda:

HOE ZIT HET MET DE VERKERING?

En aan Lynn:

WAT GA JE VOLGENDE KEER MET ME DOEN?

Het duurde een paar minuten voor ze terug sms'ten.
Naomi schreef:

GOED.

Rowanda:

I DONT KNOW

Terwijl ik Rowanda terug sms'te, kreeg ik antwoord van Lynn:

IK GA JE VERWENNEN. MET MIJN MOND.

Ik schreef terug dat ik bijna niet kon wachten, en hoe ze dat dan precies ging doen. Daarna sms'ten Lynn en ik vijf keer heen en terug.

Daan moest steeds de sms van Lynn zien. Iedere keer las hij het en zei daarna: 'Alleen maar nette mensen.' En hoe onbeleefd het was dat ik in gezelschap de hele tijd zat te sms'en.

Ik zei sorry en legde de telefoon op tafel. Tot er weer geluid uit kwam. In de nieuwe sms van Lynn stond:

IK GA JE LATEN SCHREEUWEN.

Leuk om je weer te zien

De Polikliniek Verloskunde was op afdeling A1, op de eerste verdieping. Ik was achter de twee zwangeren aan gelopen. Als ik naar ze keek, vergat ik even de hoofdpijn.

Op afdeling A1 zaten nog twintig zwangeren, op blauwe plastic stoelen. Maar twee hadden een man bij zich. Dat waren allebei Ghanese vrouwen. Hun mannen waren grote stapels geld aan het tellen, steeds opnieuw. Briefjes van vijf en tien euro, waarmee ze later contant bij de verloskundige moesten afrekenen.

Ik zat op een blauwe stoel. De twee zwangeren van bij de ingang zaten aan de andere kant van de wachtkamer. Het was beter als ik met een zwangere praatte die in haar eentje was.

Op de stoel naast me zat er een met een zwarte legging aan, gele Havaianas-slippers, en een bruin hemdje zonder mouwen waar haar dikke buik onderuit kwam. Haar borsten waren ook dik. Die kwamen eruit aan de bovenkant van het hemdje.

Ze was aan de telefoon. Het ging over wie de vader van haar ongeboren kind was. Ze zei dat ze het niet zeker wist. Het kon van Darryl zijn, of van Patrick. Ook bestond er een kleine kans dat het van Serginio was.

Toen de witte mevrouw van het ziekenhuis, in een witte ziekenhuisjurk, haar aan de telefoon zag, zei ze: 'Jongedame, telefoon nu uitdoen. Moeten we het iedere keer zeggen?'

Ik keek haar aan, met het bruine hemdje, en stak mijn

handen in de lucht. Daarmee maakte ik duidelijk dat ik het ook belachelijk vond dat ze niet mocht bellen. Wij waren samen, met onze zwarte haren, in een club tegen de wittemensen met al hun regeltjes.

'Dag schoonheid,' zei ik. 'Ik ben David. Wie ben jij?'

Ze vroeg of ik in het ziekenhuis werkte.

'Eh... nee?' zei ik.

Wat kwam ik hier dan doen, in mijn eentje, zonder zwangere vrouw bij me?

'Ik zag je lopen. Je was zo mooi dat ik je wilde ontmoeten. Hoe heet jij dan?'

Ze vond zichzelf niet mooi, maar een vet varken. En ze heette Sharlin.

'Je bent geen vet varken,' zei ik. 'Je bent juist mooi zwanger.'

Sharlin deed haar handen op haar buik.

'Sorry dat ik net hoorde wat je vertelde, in de telefoon,' zei ik. 'Vind je het niet vervelend dat je niet weet wie de vader is?'

'Nee.' Sharlin deed haar schouders op en neer. 'Ik wilde een kind. Hij gaat toch pia als de baby komt. Wat is er met je gezicht? Heb je gevochten?'

Ik vroeg of het niet raar was, zonder vader.

'Nee.' Haar schouders, en haar borsten, bewogen op en neer. 'Het is lekker rustig. Ik wil geen hoofdpijn.'

Ik zei dat ze met mij geen hoofdpijn had. Als ze met mij een kind maakte, bleef ik bij haar. Ik was geen neger.

Sharlin keek omhoog. Ik voelde dat iemand al een tijdje naast ons stond. Ik had geen zin om omhoog te kijken.

'Wil je later niet nog een baby maken?' vroeg ik. 'Als je wilt, kunnen we oefenen met baby's maken. We kunnen doggystijl doen, dan heb je geen last van die buik.'

'Mevrouw Meerzorg.' Het was de persoon die naast ons stond. 'U bent aan de beurt.'

Sharlin stond op en liep weg, zonder iets te zeggen. Ik keek naar de grond. Moest ik naar huis, of ging ik naast een andere zwangere zitten? Als ze zonder man kwamen, wist je zeker dat ze single waren.

De ziekenhuisvrouw die net tegen Sharlin had gezegd dat ze aan de beurt was, bleef naast me staan, voelde ik. Ik voelde ook dat ze naar me bleef kijken. Het was een ongemakkelijk gevoel. Moest ik terugkijken of moest ik doen alsof ik haar niet zag?

Toen ik omhoog keek was het Esther, de vriendin van Daan. We zeiden allebei niets. Het duurde wel tien seconden, dat we elkaar bleven aankijken.

'Wat doe jij hier?' vroeg ik maar.

'Ik loop coschappen bij Verloskunde. Ik studeer Geneeskunde, weet je nog? Aan de universiteit.'

We keken nog steeds in elkaars ogen. Ik gebruikte vooral mijn rechteroog.

'Is de vraag niet wat jij hier doet?' zei Esther. 'Moet je niet bij de eerste hulp zijn?'

'Leuk om je weer te zien.' Ik stond op. 'Doe de groeten aan Daan.'

Nu even serieus

Mijn vader vond dat we een keer samen moesten eten, met z'n tweeën. Niet in een restaurant, dat was te onpersoonlijk, maar gewoon thuis. Het enige probleem was dat het zondag was. Mijn moeder ging naar salsales in de salsakamer bij de buurvrouw. Na de les serveerde de salsaleraar, José, een Cubaanse maaltijd met rijst en bruine bonen en schapenvlees. Mijn vader en ik kunnen allebei niet koken.

'Dan gaan jullie toch naar Albert Heijn?' zei mijn moeder. 'Daar hebben ze eten voor mensen die niet kunnen koken.'

In de badkamer deed ze nieuwe pleisters op mijn gezicht. Ze was geschrokken toen ze het zag. Ik zei dat het een ongelukje was, verder niets aan de hand. Mijn vader had het nog niet gezien.

De polsband die Naomi me voor kerst had gegeven, met onze namen door elkaar, lag op mijn jongenskamer. Er was ruimte voor één kast met spullen van mij. Mijn vader kwam de jongenskamer binnen, zag de pleisters op mijn gezicht en de polsband in mijn hand, en liep de kamer uit. 'We gaan zo naar Albert Heijn,' riep hij vanaf de gang.

In de Beethovenstraat stonden Mercedes Benzen geparkeerd, en Range Rovers en Jeeps Grand Cherokee. Mijn vader zette zijn Volvo V50 in de Gerrit van der Veenstraat, de zijstraat van de Beethovenstraat waar de Albert Heijn zit. Het is een Albert Heijn waar zoveel joodse klanten komen dat ze een afdeling met koosjer eten hebben. De caissières zijn Marokkaanse meisjes, meestal met een hoofddoekje.

Mijn vader doet nooit boodschappen. Bij de ingang had hij geen boodschappenwagentje gepakt. Hij had een rode broek aan, en een wit overhemd. Met zijn armen maakte hij een kommetje waar hij de boodschappen in stopte. Bij de kassa boog hij voorover zodat alle boodschappen in één keer op de band vielen.

Ik vroeg of hij vaker in een supermarkt was geweest.

Hij gaf geen antwoord.

De caissière droeg een lichtblauwe Albert Heijn-jas met een wit naamplaatje: Naima. Ze vroeg wat er met mijn gezicht was gebeurd.

Er bestaan Marokkaanse vrouwen die gebouwd zijn als negerinnen. Ze zijn lichtbruin, met dezelfde rondingen. Naima was zo'n type Marokkaanse vrouw. Ze was niet veel kleiner dan Rowanda, met lange donkerbruine krullen en zonder hoofddoek.

Ik zei dat het een ongelukje was, met de deur.

'Is goed hoor.' Naima praatte netjes, maar niet bekakt. 'Ik geloof het meteen.'

'Nee echt.'

'Ik geloof je toch.' Ze moest lachen. 'Een ongelukje met de deur.'

Mijn vader had een plastic tas gekocht, waar hij alle boodschappen in had gedaan. Hij stond te wachten.

Ik zei: 'Dag Naima.'

'Dag deurjongen.'

We liepen naar de Volvo. 'Wat is dat?' vroeg hij.

'Wat?'

'Altijd met die allochtonen. Wat moet je daarmee?'

Ik vroeg wat dat altijd was met die zogenaamde vrienden van hem. Wat moest hij daarmee?

Hij gaf geen antwoord. In de auto zette hij de Albert Heijn-tas op mijn schoot. Anders zou die omvallen.

De dingen die mijn vader had gekocht moesten allemaal in de magnetron. Hij zette ze op het aanrecht. Het plan was om te wachten tot mijn moeder terugkwam van salsales, dan zou zij het verder regelen.

Hij stond met zijn rug naar me toe en zette een plastic bak met een quiche lorraine op een bak verse tortellini, en daarna de tortellini op de quiche. 'Nu even serieus,' zei hij. 'Is het verstandig om altijd met die mensen bezig te zijn?'

De indruk van mijn vader was dat het geen goede invloed had op mijn ambitieniveau. Zijn gevoel was, zonder racistisch te willen zijn, dat relaties met allochtone vrouwen meer waren bedoeld voor oude mannen in achterstandswijken bij wie het niet lukte om een Nederlandse vrouw te krijgen.

Hij stond nog met zijn rug naar me toe. De quiche ging weer op de tortellini. 'Wat wil je later worden?' vroeg hij. 'Als je groot bent?'

'Ik weet niet.' Ik keek uit het raam. 'Wat wil jij dat ik word?'

Mijn vader zei niets.

De Dirty South

Ik had Daan gebeld. 'Ik moet met je praten.'

'David.' Daan moest zuchten. 'Je belt op een slecht moment. Tentamens en zo, het is druk. Niet iedereen heeft de hele dag tijd om te ouwehoeren.'

'Rustig,' zei Ryan toen ik vroeg hoe het met hem ging. Op de achtergrond hoorde ik het geluid van iemand die bijna door een bed heen zakte. Het was twee uur 's middags. 'Ik ben even bij een vriendin, je weet toch?'

Ik vroeg of we elkaar die avond konden zien.

'Is goed,' zei Ryan. 'Weet je Caprice? Elf uur.'

Caprice was een langwerpig donker hol, met op het einde een dansvloer, in een straatje bij het Leidseplein. Bij de ingang stond een metaaldetector waar alle bezoekers, veel mannen met lange rasta-haren, doorheen moesten. De vrouwen zagen eruit als ruw volk, en niet op een spannende manier. Ik werd bang van ze. De muziek was keiharde ragga.

'Bier?' Ryan was binnengekomen om kwart voor twaalf. In dit soort tenten moest je geen cocktails proberen. Als het bier was moest het uit een flesje zijn, geen tap. 'Wat is er met je gezicht gebeurd?' vroeg hij. 'Heeft Ro dat gedaan?'

'Ik voel het niet,' zei ik. 'Niet tegenover Rowanda en niet tegen Naomi.'

Ryan bekeek de dansvloer. 'Wie is Naomi?'

Ik vertelde dat ze mijn ex-vriendin was, en dat ik aan

haar moest denken als ik met andere vrouwen bezig was en dat ze misschien toch beter bij me paste.

'Jullie moeten altijd problemen maken,' zei Ryan.

Ik vroeg wat hij bedoelde met jullie.

Hij bedoelde: jullie, bakra's, Hollanders. Wij maakten het moeilijker dan het is. Ryan vroeg: 'Je houdt toch van big mama's?'

Ik knikte.

'Weet je wat jij moet doen? In Amerika kijken.' In het zuiden, in de Dirty South, daar gebeurde het.

Ik zei dat ik bekend was met de Dirty South.

Volgens Ryan zaten zwarte mannen in Amerika in de gevangenis, of ze vermoordden elkaar. Het probleem was dat zwarte Amerikanen niet wisten wie ze waren, ze waren hun identiteit verloren. Ze hadden niet, zoals Surinamers, hun eigen cultuur behouden. Er bestond geen plek ter wereld waar de slaven hun identiteit zo goed hadden bewaard als in het binnenland van Suriname. Zwarte Amerikanen spraken niet eens meer hun eigen taal. Ze probeerden wel een eigen taal te maken. Dat bleef een versie van Engels. Maar de problemen van zwarte Amerikanen waren niet mijn probleem. Ik kon profiteren van het vrouwenoverschot. Wittemannen praatten niet met ze. Amerikaanse mama's waren groot, mijn maat. Ik zou de koning zijn.

'Ik wilde altijd een keer naar Memphis, Tennessee,' zei ik. 'Ze hebben meer geschoolde zwarte vrouwen dan in Nederland, dat betekent meer intellectuele negerinnen, dus –.'

Ryan draaide zich om. Een lange dunne met geblondeerde dreadlocks en een gezicht als een moordenaar liep naar de dansvloer. 'Kijk hoe die bil beweegt,' fluisterde hij. Ryan had een theorie dat vrouwen zo dun mogelijk moesten zijn, dan kwamen de rondingen beter uit. 'Wacht, ik ben zo terug.'

Tien minuten later zei hij: 'Dat is een stoute meid. Ze gaf me wel de digits.'

'Weet je wat het is?' vroeg ik. 'Wat Naomi en ik hebben is meer dan –.'

Hij hield zijn hand omhoog, ten teken van: even wachten. Hij werd gebeld. 'Zooo. Heb je er weer een?' Bijna gooide Ryan zijn bierflesje om. 'Tuurlijk kom ik... Nu... Ik neem een mattie mee... Zie je zo.'

Tegen mij zei hij: 'Let's go.'

Ik vroeg waarheen.

Ryan ging me opvrolijken, ik zou het zo wel zien.

Wat wil je?

Dokter Bornstein begon allemaal boodschappen achter te laten. Deze had hij ingesproken op mijn voicemail: 'Hallo? Moet ik al beginnen met praten? David, ben jij dat?'

Op mijn antwoordapparaat thuis had hij gezegd: 'Met dokter Bornstein. Je ouders hebben me laten weten dat ze je niet langer financieel ondersteunen als je mij niet belt.'

Ik wilde met iemand praten. Liever had ik met Daan gepraat, hij begrijpt me. Maar Daan nam de telefoon niet op, na die ene avond toen zijn ouders op vakantie waren. Op de MSN zag ik hem ook niet meer.

Ik maakte een afspraak met dokter Bornstein. Om iemand te hebben om mee te praten, echt niet omdat ik anders geen geld meer zou krijgen.

Bij de deur van zijn praktijk stond hij te wachten. Dokter Bornstein gaf me een hand. Hij zei: 'Ik ben blij dat je bent gekomen.'

Ik zei dat ik met iemand moest praten.

'Daarvoor ben ik hier,' zei dokter Bornstein. Hij zat achter zijn bureau, ik op de bank.

Ik vroeg of hij dacht dat de intellectuele negerin in het echt bestond.

Dokter Bornstein keek op zijn blocnote. 'De She-rida-ket-ting?' vroeg hij langzaam. 'Die tegelijkertijd een intellectueel is?' Hij vermoedde dat die combinatie niet bestond.

Ik kondigde aan dat ik op reis ging. Het zou niet goed zijn als ik hier bleef.

Dokter Bornstein vroeg waarom.

Ik moest er gewoon even uit, naar een plek waar ik inschatte dat de kans groter was om de intellectuele negerin te ontmoeten.

'Waar is dat?' vroeg dokter Bornstein.

'Memphis,' zei ik. 'Tennessee.'

Hij vroeg zich af of Tennessee een deel van de wereld was dat bekend stond om zijn intellectuelen.

'Ik moet weg hier,' zei ik. 'En dat is waar ik heen wil.'

'Wat wil je verder?' vroeg hij. 'Met je leven?'

'Waarom moet ik altijd iets?' vroeg ik. 'Met mijn leven?' Was het noodzakelijk om iets te willen, en was ik verplicht om dat met hem te bespreken?

Volgens dokter Bornstein was ik helemaal niets verplicht, hij vond het alleen beter voor mezelf als ik dit soort dingen op een rijtje zette. 'Wij zijn joden,' zei hij. 'Wij praten over gevoel.'

'Wij niet,' zei ik. Ik vroeg of hij nog iets wilde – uit Memphis. Moest ik een souvenir voor hem meenemen?

Hij kon niets bedenken dat hij wilde hebben uit Memphis.

Kijk dit

In de rode Toyota Starlet van Ryan reden we van Caprice naar Zuid-Oost, zo snel als een Toyota Starlet kan rijden.

Een paar keer vroeg ik waar we heen gingen.

Het moest een verrassing blijven, maar ik zou niet teleurgesteld zijn.

We stopten bij een flat, ik wist niet precies waar. Het was twee uur en het was donker.

Een jongen met alleen een onderbroek aan deed de deur open. Na de voordeur was er een smalle gang naar de volgende deur. Die ging open en ik zag dit: overal kaarsen, alle lichten waren uit en midden in de kamer lag een matras zonder laken op de grond. Op tafel stonden flessen Safari, Malibu en Tequila, en een verpakking met 24 Durex-Topsafe condooms.

Ryan vroeg: 'Waar is ze?'

'Ze wilde even baden.' De jongen die de deur had opengedaan heette Steven.

Iwan had ook alleen een onderbroek aan. Hij was de flessen sterke drank aan het inspecteren. Naast het matras zaten Steven en Jeroen op de grond. Steven droeg een grote witte onderbroek en witte sokken. Hij had een dikke buik. Het huis was van Jeroen. Hij en ik waren de enige blanken.

Ryan vroeg wat het was.

'Een Anti.' Iwan had haar gevonden. Hij kende de

Anti van vroeger, vanavond kwam hij haar tegen op straat.

Ryan vroeg hoe ze heette.

'Juchi,' zei Iwan. 'Betekent baby of zo in de taal van die Anti's.'

Juchi had haar kleren nog aan. Toen ze binnenkwam, stopte iedereen met praten. Ryan trok net zijn spijkerbroek uit. Juchi deed een stap naar achteren. Ze vroeg aan Iwan: 'Ik dacht dat alleen je neef zou komen?'

Juchi was dun en donkerbruin, met korte zwarte vlechtjes, en ze droeg een blauwe spijkerbroek, witte Nikes en een wit T-shirt. Ze had een roze tas van Hello Kitty. Toen ik vroeg of ze meer van Hello Kitty had, zei Juchi: 'Weet ik veel.'

Iwan vroeg of Juchi iets wilde drinken. Ze wilde Safari met 7up. Steven moest voor iedereen drankjes inschenken. Het was een raar gezicht om hem met zijn dikke buik te zien rondlopen in een witte onderbroek en op witte sokken.

Ryan en Iwan draaiden om Juchi heen. Ryan zei tegen Iwan: 'Zooo, dat ziet er lekker uit, wat jij hebt meegenomen.' Hij voelde even aan haar bil. 'Waar heb je deze candy vandaan gehaald?'

Iwan pakte de linkerborst van Juchi en kneep erin. Hij zei alleen: 'Je weet toch.'

Ryan vroeg aan Juchi hoe oud ze was.

'Negentien.'

Iwan vroeg of ze er zin in had.

'Ja.'

Steven vroeg of ze meer wilde drinken. De Safari met 7up had ze in drie slokken op.

'Malibu met lycheesap.'

Ryan vroeg of ze echt Juchi heette.

'Nee.' Het was een bijnaam die de moeder van Juchi haar had gegeven. Haar echte naam was Nadia.

Iwan vroeg of ze alle jongens hier lekker vond.

Juchi droeg een witte riem. 'Ik weet niet.' Ze trok de riem een gaatje strakker. Met haar hoofd maakte ze een beweging naar Steven, die in de keuken ijsblokjes in haar Malibu met lycheesap deed. 'Hem niet zo.' Om haar rechterwijsvinger zat een gouden ring. Daarmee wees ze naar mij. 'Ik heb altijd gezegd dat ik nooit met een Mokro zou ballen.'

In een kring zaten we rond het matras op de grond, allemaal in onderbroek. Steven ook met sokken aan. Mijn boxershort was blauw en viel aan de voorkant steeds open. Ik probeerde hem iedere keer dicht te houden.

Jeroen had een cd opgezet van Jodeci, uit 1995. Iwan vond dat Jodeci de beste neukmuziek bleef. Juchi stond op het matras. Op de maat van de muziek deed ze haar kleren uit. Ze schopte de witte Nikes uit, deed de riem open en dicht en weer open, trok haar spijkerbroek langzaam uit, deed het witte T-shirt uit, ze had er niets onder aan, en op het laatst ging ze voor Iwan staan. Hij mocht haar string, ook wit, naar beneden trekken.

Op haar rug ging Juchi op het matras liggen, Iwan wilde boven op haar liggen. Iwan en Ryan hadden allebei hun onderbroek uitgetrokken. Ryan begon te roepen dat het niet kon, dat Iwan niet als eerste mocht, hij mocht zelf altijd eerst, en waarom hadden ze Topsafe-Durex gekocht, die waren te klein, hij had XL nodig.

Ryan en Iwan stonden naast elkaar, op genoeg afstand zodat hun zwaarden niet zouden kruisen. Steven, Jeroen, Juchi en ik keken omhoog, naar wat er ging gebeuren. Even leek het erop dat ze elkaar te lijf gingen, maar het eindigde ermee dat Iwan zei: 'Ik heb die Anti geregeld.' Hij deed een Topsafe om en ging op Juchi liggen. Ryan deed zijn onderbroek aan, liep naar de keuken en riep: 'Ik ga wel als tweede.'

Steven en Jeroen bleven naast het matras zitten om te kijken naar Juchi en Iwan. Ik stond op.

In de keuken dronk Ryan tequila met cola light.

Ik vroeg wat de bedoeling was. 'Denk je dat we allemaal mogen? Of hoeft het niet als je niet wil?'

Ryan vroeg of ik homo was.

'Ik weet niet of ik hier zin in heb, met al die mensen erbij,' zei ik.

Uit de auto had Ryan een videocamera meegenomen, een zilveren van Sony. Hij gaf hem aan mij en zei: 'Ga maar opnemen. Als je wil.'

Ryan en Iwan hadden allebei twee kinderen. Ryan twee jongetjes, Iwan twee meisjes. Volgens Ryan kregen echte mannen zonen, mietjes kregen dochters.

Iwan deed doggystijl met Juchi, Ryan had met veel moeite een Topsafe omgedaan en stond voor haar, terwijl zij hem in haar mond had genomen. Ze moest erop spugen van Ryan, haar mond was niet nat genoeg. Steven en Jeroen zaten nog steeds naast het matras.

Ryan had de Sony uit mijn handen gepakt om voor te doen hoe ik moest opnemen. Ik moest om de beurt inzoomen op hem en Juchi en Iwan en daarna uitzoomen voor een overzichtsbeeld – en die volgorde permanent blijven volhouden.

Hij gaf de camera aan mij en zei: 'Kijk dit.' Ryan pakte het hoofd van Juchi vast en bewoog met zijn heupen, zo hard dat ze moest kokhalzen. Hij vond het mooi om chickies bij een ploegendienst te laten voelen wie de baas was, zeker als het om een Anti ging. Dat Juchi akkoord was gegaan om hier met vijf jongens te zijn, was een overwinning voor ons. Ryan vergeleek het met een oorlog, zoals een soldaat van het winnende leger een soldaat van de verliezers vernedert. Hij vroeg of ik goed gerecord had toen Juchi moest kokhalzen.

'Eh...' zei ik. 'Ja?'

Ryan stopte met bewegen, dat liet hij weer over aan Juchi. Hij vroeg aan Iwan: 'Ga je er nog een maken? Ik zeg het je: het wordt weer een meisje. Jij kan geen jongens maken.'

Voordat de striptease van Juchi begon had Iwan op zijn telefoon foto's laten zien van zijn dochters. Ze waren drie en vijf. Allebei bij dezelfde moeder.

Hij zei tegen Ryan: 'Je snapt het niet. Het is omgekeerd.' Iwan stond achter Juchi, hij keek omlaag naar Ryan. 'Een echte man heeft alleen vrouwen om zich heen. Als je dat niet aankan, krijg je zoontjes.'

In de keuken had ik met mijn telefoon gespeeld. Laatste oproepen bekeken, contactpersonen bekeken en berichten gecheckt. Er was geen nieuwe sms. In de woonkamer zaten Steven en Jeroen niet meer op de grond. Steven stond naast het bed, met Jeroen achter hem. 'Hé, niet voordringen,' riep Steven toen ik de kamer in liep. 'Achter aansluiten.'

Ryan en Iwan waren bijna op hetzelfde moment klaar. Omdat hij niet als eerste mocht, wilde Ryan niet ballen. Hij ging niet lopen draaien in waar iemand anders al met zijn dick aan had gezeten.

Juchi lag op haar rug. Iwan vroeg wie er nu wilde. Steven had zijn witte onderbroek uitgetrokken, maar nog niet zijn sokken. Hij had al een condoom aan. Iedereen moest lachen. Iwan vroeg of Juchi het erg vond om met Steven te gaan.

Het maakte niet uit, ze was nu toch bezig en ze vond het niet aardig om te zeggen dat de een wel mocht en de ander niet.

Na een minuut was Steven klaar. Hij werd omhoog getrokken door Jeroen en bedankte Juchi. 'Jij bent de lekkerste.'

Jeroen mocht na Steven. Hij trok zijn onderbroek uit en nam plaats op Juchi. Jeroen was niet helemaal erect. Het lukte niet om bij Juchi naar binnen te komen. Vijf minuten bleef hij het proberen. Daarna gaf Jeroen het op.

In mijn blauwe boxershort stond ik in de keuken. Iwan gaf me een Topsafe. Hij zei: 'Jij bent.'

Juchi lag op haar rug. Met haar handen maakte ze een gebaar naar de keuken dat duidelijk moest maken: oké, kom jij dan ook maar.

Ik vroeg of Ryan me naar Stefano de snorder kon brengen.

APRIL

David zegt:
ik moet je iets vertellen

Mijn moeder en ik zaten aan de witte Jan des Bouvrie-tafel. Zij las NRC *Handelsblad*, ik speelde met mijn telefoon. De foto's van Rowanda en Muriel stonden er nog op.

'Ik ben op zoek naar iets.' Kennelijk had ik het hardop gezegd, want mijn moeder keek op van de krant.

Volgend jaar zou ik naar de universiteit gaan. Nee echt. Ik dacht dat ik het antwoord op mijn vragen in Amerika kon vinden. In Memphis, Tennessee, om precies te zijn.

Mijn moeder kon zich herinneren dat ik eerder over die stad praatte. Ik vertelde nog een keer waarom ik daar zo graag heen wilde. Na een paar minuten had ik haar overtuigd. Ze moest er wel even over nadenken. Dat betekende dat ze zich terugtrok in haar werkkamer, om te bellen met de redactie van het enige fatsoenlijke programma op de Nederlandse televisie. Ze kwam terug met de telefoon in haar hand. Het was voor mij.

Mijn vader vroeg of ik geld te veel had.

Ik zei dat ik had gespaard.

'Gespaard met wat? Met het geld dat wij je geven?'

Het gebeurde niet vaak dat mijn vader zei wat hij dacht. Nu deed hij het wel, in vier zinnen. 'Mensen vragen wat je doet. Wat moeten we tegen ze zeggen? Je bent onze enige zoon. Het is vernederend, voor je moeder en voor mij.'

Ik zei niets.

‘Ga maar.’ Ik hoorde de tegenzin in zijn stem. ‘Maar als je terugkomt, moet je weten wat je volgend jaar gaat studeren.’

Ik belde Rowanda.

Ze nam op met: ‘Hoe gaat het?’ Het klonk vriendelijk.

Ik vertelde dat ik naar Memphis ging, de Dirty South. Dat ik haar zou missen en dat ik me afvroeg hoe het met de verkering zou zijn als ik terugkwam.

Ze was op straat, het waaide in de telefoon. Ik vroeg of ze daar nog was.

‘Ik heb geen tijd voor die emo shit,’ zei Rowanda. ‘Ga weg dan, naar die alleen maar nette mensen.’ Ze hing op.

Ik wist niet hoe ik het aan Naomi moest vertellen, dus er waren twee opties: sms of MSN. Het voordeel van sms was dat ze niet direct iets kon terugzeggen. Het nadeel was dat het te laf was. Twee dagen voor mijn vertrek was ze op de MSN.

David zegt:
aloha
Naomi86 zegt:
hi
David zegt:
alles goed?
Naomi86 zegt:
ja hoor, en met jou?
David zegt:
ik moet je iets vertellen
Naomi86 zegt:
ja?

David zegt:
ik ga een tijdje weg
David zegt:
naar Amerika
David zegt:
overmorgen
Naomi86 zegt:
wat jij wil
David zegt:
waarom doe je zo?
Naomi86 zegt:
hoe?
David zegt:
ben je boos?
Naomi86 zegt:
ik heb het druk
David zegt:
ben je echt niet boos?
Naomi86 zegt:
echt niet
Naomi86 zegt:
alleen druk
Naomi86 zegt:
studie en zo
David zegt:
zie ik je als ik terugkom?
Naomi86 zegt:
ja natuurlijk
David zegt:
het spijt me
David zegt:
maar ik moet daar even goed nadenken
Naomi86 zegt:

is goed
Naomi86 zegt:
ga maar goed nadenken

We MSN'den elkaar de emoticons van het mannetje en het vrouwtje die een hug gaven en de mond die zoende en het hartje en de roos, en ik stuurde nog een gezichtje dat begon te huilen.

Op seksvakantie, naar Amerika

Vroeger was de verantwoorde presentator bij de commerciële omroep een collega van mijn vader en van de hoofdredacteur van de kwaliteitskrant. Mijn vader had niet altijd bij de televisie gewerkt. Samen met de verantwoorde presentator bij de commerciële omroep was hij van de kwaliteitskrant verhuisd naar de publieke omroep. Volgens mijn vader hoefden ze daar minder hard te werken voor twee keer zoveel geld.

Een jaar later verhuisde de verantwoorde presentator naar de commerciële omroep. Mijn vader zei dat hij daar nog drie keer zoveel kon verdienen. De verantwoorde presentator bij de commerciële omroep beweerde dat het was omdat er meer artistieke mogelijkheden voor hem lagen.

Hij maakte een programma over Nederlanders op vakantie. De laatste aflevering ging over seksvakanties. Een groep Nederlandse mannen werd gevolgd tijdens een seksvakantie in Thailand. Zoals bij alle programma's van de commerciële omroep waar de verantwoorde presentator voor werkte, was het een informatieve uitzending met toevallig wat sensationele beelden erbij.

Ik zei tegen Bas: 'Ik ga op seksvakantie, naar Amerika.'

Het was mijn laatste avond in Amsterdam, we zaten in de Half Moon Lounge van het Hilton hotel, tussen de Amerikaanse zakenmensen. De Half Moon Lounge heeft uitzicht op een klein jachthaventje. Bas en ik zaten in leren stoelen. We dronken grote glazen Chablis, voor acht euro vijftig per stuk. Een idee van Bas.

'Amerika is een goeie plek voor een seksvakantie,' zei ik tegen Bas. We waren met z'n tweeën. Daan belde en sms'te niet terug.

Bij het afscheid deed ik Bas een belofte. 'Ik weet niet wanneer ik terug ben.' We stonden op het parkeerterrein voor het Hiltonhotel. Het was een ontroerend moment.

Op de televisie had ik gezien dat sekstoeristen zich niet verdiepen in het land waar ze vakantie vieren. In het vliegtuig werd een Amerikaanse film vertoond, een actie-thriller-gangster-spektakel waarin Al Qaida-terroristen probeerden om Los Angeles op te blazen. Ik bekeek de film niet.

Eerst sliep ik een paar uur, daarna keek ik een paar uur uit het raam, terwijl we boven Amerika vlogen. Memphis was mooi, uit de lucht. Er lagen bossen omheen. Ik dacht: misschien is dit waar ik thuis hoor.

De Lil' Kim-pornobril

Over Memphis.

Het is ongeveer net zo groot als Amsterdam. De bevolking is voor de helft zwart en voor de helft wit. De laatste jaren wonen er ook Mexicanen.

Het is de zesde dikste stad van Amerika. De top drie bestaat uit Chicago, Las Vegas en Los Angeles. De dunste stad van het land is Baltimore. In de lijst van dunste steden staat Los Angeles op de 21ste plaats, terwijl Baltimore op de lijst van dikste steden 25ste is.

In mijn huurauto, een donkergroene Chrysler Stratus, stond de autoradio voorgeprogrammeerd op K97, Memphis' number one for Hiphop and R&B. Op de radio werd aangekondigd dat het vanavond gebeurde in discotheek The Premiere – only for the grown and sexy that like to have a good time. De ladies hadden vrij entree tot 11 uur.

Ik wist genoeg.

Het hotel heette Extended Stay America, even buiten het centrum, op Poplar Avenue. Extended Stay America richt zich op de zakelijke reiziger. De kamers zijn kleine appartementen, met uitzicht op een parkeerterrein en het ruikt naar schoonmaakmiddel.

Na een paar uur slapen en tv-kijken, clips op The Box, werd ik wakker. Het was half elf 's avonds.

Achter de receptie van het hotel stond een dame met één gouden tand, drie gouden ringen, een gouden ketting en een gouden bril. Op haar naambordje stond: Shaquorya.

Ik vroeg waar het vanavond gebeurde.

Ze vroeg wat ik bedoelde.

Ik was op zoek naar vrouwen die eruitzagen zoals zij.

Zonder iets te zeggen tekende ze op een papiertje hoe ik naar The Premiere moest rijden.

The Premiere lag in een klein winkelcentrum aan de American Way. Het was in een buurt die Hickory Hill heette, maar Hickory Hell werd genoemd, of Hickory Hood. Voor het winkelcentrum lag een parkeerterrein. Het stond vol auto's die uitgepimpte banden hadden met zilveren of gouden velgen. Ook reden er een paar auto's die op en neer konden bewegen met de voorkant.

De ingang van The Premiere was op de tweede verdieping. De rij vulde een trap tot aan de begane grond. Voor vijftig dollar was het mogelijk om met een vipkaart directe entree te kopen. Dan kon je met de lift naar boven. De lift stond vol jongetjes die te grote sportshirts droegen, of te grote suède trainingspakken, en Nikes met roze of lichtgroene strepen.

The Premiere zag eruit als een sporthal. Of als vijf sporthallen bij elkaar. Wat ze in de Amsterdamse negerinnendisco probeerden na te doen, gebeurde hier in het echt. Er was een champagnebar met een doorzichtige ijskast vol flessen Cristal, er waren cocktailbars, er was een hoek waar chicken wings werden verkocht, er werd gevochten en dan kwamen bewakers ingrijpen, er was een winkel met The Premiere-parafernalia, er waren een stuk of drie dansvloeren. Wat er niet was, is dit: blanken.

De muziek, op een loeihard volume, was een remix, met Kanye West, van *Throw Some D's*, door Rich Boy.

Het refrein was, steeds opnieuw:

Just bought a Cadillac
Throw some D's on that bitch

Rich Boy is een rapper uit Alabama en D's zijn een bepaald type velgen, het belangrijkste onderdeel van de Afro-Amerikaanse auto. De velgen moeten groot zijn en glimmend.

'Bacardi-cola please,' zei ik tegen een barkeeper die in het donker een zonnebril droeg. Naast me stond de Lil' Kim-pornobril. Ze had niet gezegd dat ze zo heette, die naam had ik bedacht. Ze had een zwarte zonnebril op. Een nepper, met een groot rond montuur, van Gucci of van Prada – dat kon ik niet goed zien.

Verder droeg ze kort blond haar, lange roze opplaknagels en een zwarte catsuit met eronder hoge donkerpaarse pumps. Haar huid was zo donkerbruin dat de roze nagels knalroze werden. Ze leek, kortom, op Lil' Kim.

'Dat haar van jou,' vroeg ik. 'Is dat echt?'

Ze zei niets.

'Ik kom hier niet vandaan,' zei ik.

'No shit,' zei ze.

Ik vroeg hoe ze heette. Ze draaide zich om, zodat ik de tatoeage kon zien die boven aan haar rug stond. In grote zwarte letters stond er: LaShondra. Haar vrienden noemden haar Shonny.

Ze deed haar zonnebril voor even af. Ik mocht een apple martini voor haar kopen. Haar ogen waren lichtblauw.

LaShondra hield van praten. Over de flessen Cristal die mensen in The Premiere over elkaar heen leegspoten en die 250 dollar kostten, over de basketbalshirts die throwback jerseys heetten, omdat ze old skool-stijl waren, throwback betekende: net als vroeger, ze kostten 300 dollar per stuk, en over dat het extra geld kostte om in sportkleding naar binnen te mogen, entree met gymschoenen was 50 dollar extra, een spijkerbroek kostte 50 dollar en een sportshirt ook, jongens betaalden dat om te laten zien dat ze geld hadden en dat niemand ze kon vertellen wat voor kleren ze moesten dragen, zeker de white man niet, alleen was de eigenaar van The Premiere een neger.

LaShondra woonde in een buurt die Orange Mound heette, ze noemden het de Mound. Zoals in de meeste Amerikaanse grote steden wonen de zwarte mensen in Memphis in het centrum. De witte mensen wonen in buitenwijken, waar ze shopping malls hebben gebouwd met alles wat ze nodig hebben, zodat ze nooit meer naar het centrum hoeven te komen.

De straat van LaShondra was niet helemaal geasfalteerd. Midden op de weg stond een auto met allemaal deuken erin, achtergelaten op de plek waar hij was gestopt met rijden. De andere auto's reden eromheen.

De auto van LaShondra stond geparkeerd op een modderpaadje. Ernaast stond een Cadillac Escalade, een zwarte. Het is de grootste, glimmendste en meest patserige Amerikaanse jeep die er bestaat. Niet veel blanken rijden in een Cadillac Escalade.

Tegen de Escalade leunden twee mannen in spijkerbroeken van het merk Rocawear, die zo laag hingen dat de bovenkant van hun boxershort zichtbaar was. Verder waren ze gekleed in de mouwloze witte onderhemden die ze wife beaters noemen. Uit het raam van de Escalade klonk antieke rap van Notorious B.I.G., op maximaal volume.

Het begon donker te worden, overal op straat stonden groepjes mensen. Ze leunden tegen auto's of ze zaten op de stoep voor een huis of gewoon op de grond. De mannen van de Cadillac Escalade keken naar iedere stap die ik in de richting van LaShondra's huis zette. Nadat ik had aangebeld keek ik over mijn schouder. Ze keken nog steeds.

LaShondra woonde in een houten huis, in een rij van vier. Bij de ingang stond een stapel met plastic flessen water, omdat je het water uit de kraan niet kon drinken.

De woonkamer leek op een hutje, met allemaal oude meubels. Er stonden twee kerstboom-achtige planten. Op het tapijt en op de bank zaten allemaal vlekken, maar LaShondra zag er schoon uit. Vandaag waren haar ogen lichtgroen.

Ik zei: 'Mooie ogen.'

'Yezzir,' zei LaShondra, op de manier zoals Pharrell Williams het zegt.

Vanuit The Premiere had ik LaShondra naar haar auto begeleid. Misschien had zij mij meer naar mijn auto begeleid. Ze reed in een oude rode Honda, waarvan de motor het niet altijd deed. Toen ze haar auto aanzette, ging de radio hard aan. *Krispy*, de zomerhit van Kia Shine, een rapper uit Memphis. Krispy betekent: goed gekleed.

Op het parkeerterrein was het bijna drukker dan binnen, in de discotheek. 'Dit is parkinglot pimping.' LaShondra praatte verder. 'Players die proberen buiten contact te leggen met de females. Ze gaan niet naar binnen toe omdat ze geen toegang willen betalen. Die komen speciaal voor de parkinglot pimping.'

Door het open raampje zei LaShondra: 'Mijn kinderen zijn morgen bij hun vaders. Je mag naar me toe komen.'

'Is dat niet een beetje snel?' vroeg ik. 'Ik ken je net een uur, of anderhalf.'

'And?' vroeg LaShondra. 'Moet je morgen naar je vriendin?'

Het opwindende aan LaShondra was dat haar stem zo rauw klonk dat je wist dat met haar niet te fucken viel. Soms zei ze lieve dingen. Zoals: 'Ga maar zitten, op de bank.'

Ik zocht een schone zitplaats. Op de televisie liet het lokale nieuws beelden zien van een man die zijn familie had gegijzeld. Het huis was omsingeld door de politie. LEROY WATKINS HOSTAGE SITUATION stond met rode letters onderin beeld. De televisie van LaShondra had niet zulke goede ontvangst.

Ik vroeg of ze voor me ging koken.

LaShondra had geen kort blond haar meer. Het was nu langer en lichtbruin.

'Ik kook niet,' zei ze. LaShondra stond voor de spiegel haar lippen roze te stiften. Het ging lastig met die lange nagels.

'Kook je niet voor je kinderen?' vroeg ik. LaShondra had verteld hoe goed ze de opvoeding verzorgde van Devante (het jongetje, genoemd naar een van de zangers van Jodeci) en Kiyanti (het meisje, in een vrije interpretatie van de Italiaanse wijnsoort).

'Ik dacht dat we uit eten gingen,' zei LaShondra.

Ik vroeg of ze altijd een condoom gebruikte.

Ze keek me aan via de spiegel. 'Waarom vraag je dat?'

'Ik weet niet,' zei ik. 'Omdat ik benieuwd ben? Ik doe niet aan condooms.'

'Oh oké, jij doet het raw.'

'Eh... ja, zoiets.'

'Ik moet morgen mijn nagels laten doen.' Via de spiegel bleef ze naar me kijken. 'Dat kost vijftig dollar.'

'Waarom zeg je dat?'

'Waarom vraag jij of ik condooms gebruik?'

LaShondra deed haar mobiele telefoon in een nep-

Louis Vuitton handtas. Ze was klaar om te gaan. 'Als jij mag vragen of ik condooms gebruik, mag ik toch vertellen dat ik vijftig dollar nodig heb?' zei ze. 'Als ik iets wil hebben vraag ik erom. Of moet ik me schamen?'

We aten bij Corky's BBQ, een restaurant dat als logo een roze varkenshoofd had, cartoon-stijl, met een witte koksmuts op. Het was een van de bekendste BBQ-restaurants van Memphis. Over de tafel lag doorzichtig plastic.

LaShondra bestelde het full rack van de BBQ ribs, met als side items coleslaw en patat. Ze dronk er een groot glas Diet Coke bij.

Ik vroeg wat ze van Elvis Presley vond.

'Wat bedoel je?' vroeg ze. 'Wat zou ik daarvan moeten vinden? Het is een straat. Mijn oma woont er.'

LaShondra wist wel dat hij een zanger was geweest, maar wanneer inwoners van Memphis zijn naam noemden, hadden ze het over Elvis Presley Boulevard, kortweg Elvis Presley. Dat was de straat waar Graceland lag, het huis waar hij vroeger woonde en dat nu een museum was. In de buurt van Elvis Presley woonden geen white folk, zoals ze dat in Memphis noemden.

My name is Tony Montana

De artiestennaam van Chontey luidde Diamond. Ze werkte in Pure Passion, op Brooks Road, vlak bij het vliegveld.

Ik had mijn keppeltje opgezet, dezelfde als die van café Kraaiennest, het leek me wel een geschikte look voor de stripclub. Het keppeltje was in de wasmachine geweest.

In de Dirty South noemen ze stripclubs shake joints, where the girls go and shake they ass. Op Brooks Road waren liquor stores, fried chicken-afhaalrestaurants en shake joints. Het was niet ver van het huis van LaShondra. Ik reed langs Ebony Lace, Babes en Pure Passion. Ze hadden allemaal een parkeerterrein zonder verlichting.

Op het parkeerterrein van Pure Passion lag geen asfalt. Mijn schoenen kwamen in de modder. Om naar binnen te mogen moest je acht dollar betalen en je laten fouilleren door een man zonder voortanden maar met een baard van losse kroesharen die over zijn hele gezicht zaten. Hij droeg een blauw en rood petje van de Atlanta Braves met allemaal vlekken erop.

Binnen was het net zo donker als buiten op het parkeerterrein. In het midden stonden stoelen, links was een podium waarop een meisje op haar rug lag. Haar benen staken in de lucht, wijd uit elkaar. Voor het meisje stond een man in trainingspak van dichtbij tussen haar benen te kijken. Om de paar seconden gooide hij een dollar op het podium. Het meisje hield haar hoofd omhoog, om te zien waar de dollars terecht kwamen, zodat ze die snel kon pakken en op een stapeltje in haar hand bewaren.

Een vrouw in een spijkerbroek en een rood T-shirt kwam vragen waar ik wilde zitten.

'Doe maar achteraan,' zei ik. 'En breng me een fles van jullie beste champagne.'

'We hebben bier. Of sterke drank.'

Zij haalde bier, ik zat op een stoel met allemaal deuken erin.

Op de andere stoelen zaten mannen bier te drinken. Achter het podium werd op grote televisies een basketbalwedstrijd vertoond van de Memphis Grizzlies.

Een dj schreeuwde tussen de muziek door dingen als: 'The ladies are looking hot tonight!' Of: 'Fellas, get your lap dance on back in the VIP room!'

De stripteasedanseressen droegen kleine bikinitopjes en strings waarvan de bovenkant halverwege over hun bil was gespannen. Allemaal hadden ze een grote bil en kleine borsten. Doordat ze schoenen droegen met hele hoge hakken van doorzichtig plastic liepen ze rond alsof ze zo konden omvallen.

Voor de stripteasedanseressen bestonden er twee activiteiten. Of ze stonden te wachten op nieuwe klanten, of ze zaten bij een man op schoot. Bij het op schoot zitten werd eerst de string uitgedaan. Met hun blote bil draaiden ze tegen de klant aan, die in ruil daarvoor om de paar seconden een dollar op de grond gooide. Als ze klaar was, moest het stripteasemeisje voorover buigen om haar geld op te rapen.

Het deftigste winkelcentrum van Memphis lag in een buurt waar alleen white folk woonden. In de Wolfchase mall had ik een winkel gevonden waar ze alle Hello Kitty-spullen verkochten die je kon bedenken. Ik had een Hello Kitty-vaas gekocht, waarvan ik hoopte dat die in mijn koffer niet zou breken, en een doosje om pennen in te bewaren, en een Hello Kitty-lingerieset. Ze verpakten het voor me in Hello Kitty-cadeaupapier en deden het in een Hello Kitty-plastic tas. Ik vermoedde dat Naomi het mooi zou vinden.

De dj riep: 'And now let's welcome to the stage: the lovely Delilah!' Hij zette nieuwe muziek aan. *I'm in Luv with a Stripper* van T-Pain. Alle meisjes begonnen mee te zingen.

She's every man's dream
She's God's gift to Earth
Women they love them too
That's what you call a woman's worth
See I love all the strippers
Because they show me love

Het was de remix-versie waar ook R. Kelly aan meedeed. Zijn gedeelte ging zo:

I must be the first man to ever fall in love with an ass
Gonna go down on my knees and ask that ass to marry me
That booty makes me forget about any chick I freaked with in the past
Plus we got a lot in common: she's a stripper, I'm a freak.

Op het podium klom Delilah in een paal. Ik kreeg bier, en ik voelde een hand in mijn nek. 'Hey baby,' zei iemand. 'Mag ik op je schoot komen zitten?'

'Ja hoor,' zei ik. 'Ga maar zitten.'

Het was lang krullend zwart haar, een dikke lichtbruine bil in een witte zijden doorzichtige onderbroek en kleine borsten in een paarse beha. Ze kwam op me zitten. 'Ik ben Amber,' zei ze. 'En hoe heet jij?'

'My name is Tony Montana,' zei ik, met fake Scarface-accent. 'I'm a political prisoner from Cuba.'

'Wil je een VIP?' vroeg Amber. 'Het kost twintig dollar.'

'Nu nog niet,' zei ik, in mijn normale stem. 'Kunnen we eerst even praten?'

Amber stond op. Ze wilde weglopen. Ik pakte haar vast en riep: 'Nee serieus, ik wil even praten.'

Amber keek me aan paar seconden aan, zonder iets te zeggen. Tot ze vroeg: 'Even praten? Ga je me tippen?'

'Waarom heb je zo een grote bil, maar zulke kleine borsten?' Ik pakte een dollar uit mijn zak. 'Het klopt niet. Die twee horen toch bij elkaar te passen?'

Amber deed de dollar in haar handtasje. 'Ik weet het niet. Zo heeft God mij gemaakt, Tony.'

Ik gaf haar nog een dollar. 'Het valt mij op dat God alle vrouwen hier zo heeft gemaakt.'

Ze keek om zich heen. 'Er zijn wel meisjes met grote tata's, maar ik zie ze nu even niet. Wil je die lap dance nog?'

'Nog heel even,' zei ik. 'Wat ik me afvroeg: heb jij een vriend?'

Amber stond op. 'Ik heb een vriendin. Ik hou niet van seks met mannen.' Ze liep naar een groep die net binnen was gekomen. Het waren drie mannen met allemaal een zonnebril op in het donker.

De Clark Kent-bril

In de hotelkamer lag ik op bed. Ik las oude sms'jes.

Vorig jaar, op 12 oktober om 23.34 uur, had Naomi deze geschreven:

> VANAVOND GEGETEN MET ESTHER EN ANNET. WAS GEZELLIG. EN HOE WAS JOUW AVOND? XXX

Op 3 november om 22.57 uur schreef ze:

> STUDEREN GING GOED HOOR. EN HOE GAAT HET MET MIJN SCHATJE? X

En op 27 januari van dit jaar om 21.46 uur:

> SWEET DREAMS. EN VERGEET NIET DAT I LOVE YOU. X-JE

Shaquorya, de receptiedame van het hotel, deze keer zonder gouden bril maar met zwarte nep-Gucci zonnebril die ze ook binnen droeg, had verteld dat in de bibliotheek van de University of Memphis computers stonden die iedereen kon gebruiken.

De Ned R. McWerther Library was gevestigd in een mooi wit gebouw met Griekse pilaren. Om de bibliotheek heen was zo'n Amerikaanse campus. Ik schakelde in op de MSN. In Nederland was het nacht, alleen Bas was ingelogd.

David zegt:
zo laat nog wakker?
Bas zegt:
he man
Bas zegt:
morgen tentamen staatsrecht
David zegt:
o ja, hard studeren he

Ik wilde voor Bas opschrijven waar ik precies was en hoe de Amerikaanse campus eruitzag. Net als in de film. Maar mensen zijn niet geïnteresseerd in de vakantiefoto's van andere mensen.

Daan en Bas kwamen een keer bij me thuis toen mijn ouders en ik net terug waren van een vakantie in Dubai. Het was in het begin, toen nog niemand naar Dubai ging. Op het vliegveld had mijn vader een fles Libanese rode wijn gekocht. Terwijl hij die leegdronk vertelde mijn vader over de financiële ontwikkeling van Dubai en over het zevensterrenhotel waar we logeerden en wat we allemaal hadden gezien. Het verhaal duurde bijna een halfuur. Bas keek naar mijn vader, Daan keek de andere kant op, hij durfde voor één keer niets te zeggen.

David zegt:
en hoe gaat het nou, verder?
Bas zegt:
goed goed, en met jou?
Bas zegt:
heb je al gevonden wat je zocht?
David zegt:
geloof het niet
David zegt:

LaShondra
David zegt:
ze is een negerin, maar niet echt een intellectueel
Bas zegt:
aha
David zegt:
wat gebeurt er daar?
David zegt:
hoe gaat het met Daan
Bas zegt:
goed
Bas zegt:
geloof ik

En toen deed de computer het niet meer. Ik drukte op een paar knopjes en sloeg, hard en met de vlakke hand, tegen de zijkant. Er gebeurde niets. De computer stond voor een raam, waaruit je naar de campus kon kijken. Allemaal studenten liepen voorbij, op weg naar iets.

Aan de computer naast die van mij zat een vrouw te werken. Nadat ik nog een keer op de computer had geslagen, vroeg ze: 'Problemen? Zal ik even helpen?'

Ik had haar niet echt bekeken. Ze was donkerbruin, niet al te dik maar ook niet te dun, en ze droeg een zwarte bril. Geen gouden bril, dit was een Clark Kent-bril. Verder droeg ze een donkerblauwe broek met witte krijtstreep en een jasje in dezelfde kleur. Gestraight zwart haar, tot op de schouders. Ze zag er niet onsympathiek uit, maar miste de opwindende uitstraling van de Sherida-ketting.

Ik vroeg of ze handig was met computers.

Ze moest lachen. Geen gouden tanden. 'Ik geef les in Computer Science, hier op de universiteit, dus ik hoop het wel.'

Ze heette Rosalynn en ze had een boek bij zich dat *Black Rednecks and White Liberals* heette.

Ik vroeg wat voor boek het was.

De schrijver was Thomas Sowell, een professor in de Economie, onder meer aan Stanford University. Het boek ging over de getto-gangsta-cultuur die onder Amerikanen zo populair is geworden dat hij nu de hele wereld over wordt geëxporteerd. In *Black Rednecks and White Liberals* staat dat die cultuur niet oorspronkelijk een zwarte is. Het is een witte redneck-cultuur die negers in het zuiden van de Verenigde Staten hebben overgenomen van hun witte buren. In die cultuur hebben mannen geen respect voor vrouwen en een gebrek aan onderwijs is iets om trots op te zijn. Verder gaat het over het bestaan van zwarte slavenhouders, bijvoorbeeld in de staat Louisiana. Thomas Sowell is een conservatieve neger, die populair is onder conservatieve blanke lezers.

Ik zei dat ik het interessant vond.

Rosalynn deed haar bril af. 'Heb jij het gelezen?'

Ik zei nee.

Rosalynn vond vooral Sowells theorie over de slavernij boeiend. 'Het gedeelte van het boek waarin duidelijk wordt gemaakt dat de Westerse cultuur niet de gehele verantwoordelijkheid heeft voor het instellen van de slavernij, maar wel voor het afschaffen ervan. Zoals in Afrika en in de Arabische landen.'

De computer deed het niet meer en Rosalynn moest naar haar les. Ik mocht haar nummer hebben.

Op de hotelkamer brandde het berichtenlichtje van de telefoon. Er waren drie voicemailberichten. Ze begonnen alledrie zo: 'Hey what's up Dave, this is your girl LaShondra.' De berichten kwamen neer op de vraag of ik die vijftig dollar voor haar nagels nog ging geven. Ik belde niet terug.

Do you wanna get freaky?

Na de show van Delilah begon op het podium de show van Chocolate. Ze was donkerzwart en ze had hetzelfde probleem als Amber. Maar haar bil stak zo ver uit naar achteren dat het niet erg was.

Aan de tafel naast me trok een van de drie mannen met zonnebrillen zijn trainingsbroek een stuk omlaag. Hoewel ze niet hield van seks met mannen trok Amber haar witte string uit en ze boog voorover. Terwijl ze dat wat uit de trainingsbroek tevoorschijn kwam in haar mond nam, stak de tweede zonnebril zijn vingers tussen haar bil. De derde zonnebril stopte om de paar seconden een dollar in Ambers hand. Ze keek schuin naar boven om te controleren of de dollars snel genoeg bleven komen.

Een stem fluisterde in mijn linkeroor: 'Do you wanna get freaky?'

Ik keek naar links, maar zij was al naar rechts gegaan. 'Ik ben Diamond,' vertelde ze. 'Ik hoorde dat jij het meisje zocht met de grootste tata's.'

Diamond droeg een gele fluorescerende bikinitop, die ze omhoog deed. 'Well, hier zijn ze.' De tata's bewogen omhoog, met de bikinitop mee, en zakten daarna omlaag. 'G Cup.' Diamond was er trots op. Op haar buik, om de navel heen, zat een tatoeage van een draak, en boven iedere borst een plaatje van een roos.

Ik vroeg hoeveel tattoos ze had.

'Zes.' Diamond pakte mijn hand en nam me mee naar een gedeelte achterin. 'Ik ga je ze allemaal laten zien.'

We kwamen in een ruimte die door een muur met spiegels werd afgescheiden van de rest van Pure Passion. 'Dit is de viproom. Mooi hè, Tony?' vroeg Diamond.

'Eigenlijk heet ik David,' onthulde ik.

'Dus je bent niet Cubaans?'

'Wie ik? Nee.'

'Ik dacht dat je Mexicaans was.'

'Nee nee, ik ben joods,' zei ik. 'Uit Europa. Alleen maar nette mensen.'

'Oké, geen Tony. David.' Diamond zei het nog een keer: 'David.'

Achterin de viproom zat een man met een geel pak aan en een grijze hoed op zijn hoofd. Voor hem zat een vrouw op haar knieën. Ze droeg alleen een paarse beha. De zwarte krulletjes op haar hoofd bewogen op en neer.

Diamond kwam naast me zitten op een doorgezakte bank. Ze trok haar bikini uit en pakte mijn hand. 'Feel my pussy.'

Het voelde ruw aan, met veel haar.

Haar eigen hand gebruikte Diamond om, door de broek heen, aan mij te trekken. 'Je gaat fun met mij hebben,' beloofde ze. 'Het kost twintig dollar.'

Ik gaf Diamond een biljet van twintig dollar. Ze stond op en begon met haar bil over me heen te draaien. Met haar handen pakte ze mijn handen en legde ze op de G's.

'Hoe werkt het eigenlijk?' vroeg ik.

Diamond draaide zich om. Ze kwam bij me op schoot zitten, met haar gezicht naar me toe. 'Hoe werkt wat?'

Ze duwde mijn hoofd naar beneden, in cup G's, die ze op en neer schudde. 'Betaalt de stripclub jou?' vroeg ik. 'Hoe zit de arbeidsovereenkomst in elkaar?'

Diamond moest zestig dollar betalen om een avond te werken. Alles wat ze van klanten kreeg mocht ze houden.

Het borsten schudden stopte even. ‘Wil je een blowjob?’ bood ze aan. ‘Twintig dollar.’

‘Nee dank je,’ zei ik. ‘Misschien later. Hoe vaak werk je? Iedere dag?’

Diamond kwam naast me zitten. Ze ging verder met haar hand. ‘Ik kom wanneer ik zin heb. Wat voor petje heb je op?’

Mijn keppeltje zat scheef, ik zette ’m recht op mijn achterhoofd. ‘Dat is een keppeltje.’

Ik vroeg of ze echt Diamond heette.

Ze moest lachen. Drie gouden tanden, twee boven, een onder. ‘Mijn echte naam is Chontey.’ Ze deed haar bikini weer aan. ‘Vertel me over David.’

Ik pakte de stapel dollars uit mijn zak. ‘Hoe werkt het? Moet ik je blijven betalen?’

‘Nee sweetie.’ Chontey aaide over mijn arm. ‘We praten gewoon. Als vrienden.’

De vrouw met niet meer aan dan een paarse beha was klaar. Ze stond op, de man in het gele pak deed zijn broek dicht. Ze liepen de viproom uit.

‘Vertel me over David,’ herhaalde ik. ‘David heeft thuis een vriendin. Misschien is het een ex-vriendin. David weet het niet zeker. Ze heet Naomi. Heb jij verkering?’

Chontey had een vriend. ‘Maar hij zit in de gevangenis. God heeft het zo gewild, denk ik.’

‘Wat heeft God zo gewild?’

‘Dat we niet meer bij elkaar zijn.’ De ex-vriend van Chontey heette T-Dog. Hij had een andere man doodgeschoten. Ze hadden ruzie over zijn ex-vriendin.

Ik vertelde dat ik te lang niet met Naomi had gepraat. ‘Ik mis haar. Ik denk dat we bij elkaar horen.’

Ze pakte mijn hand vast. 'Je praat zo lief over haar.'

Chontey aaide over mijn vingers. 'Ik denk ook dat jullie bij elkaar horen.'

'Ik weet het. Maar ik voel die spanning niet met haar. Snap je wat ik bedoel?'

'Ik weet wat je bedoelt.' Ze stond op. 'Spanning is belangrijk in een relatie. Maar het is niet altijd goed. Met T-Dog was er altijd spanning. En kijk wat er is gebeurd.' Chontey pakte mijn hand. 'Kom, we gaan naar de andere kant.'

Vooraan, bij het podium, zat nu een witte man met blond haar. Hij droeg een basketbalshirt zonder mouwen. Chocolate, de donkerzwarte, zat op zijn schoot. Ze had geen kleren aan. Op de stoel ernaast zat Delilah. Ik schrok toen ik zag hoe belachelijk het eruitzag.

'Zie ik er net zo uit als hij?' vroeg ik aan Chontey.

'Jij hebt toch zwart haar?' Ze wilde me geruststellen. 'Je bent niet wit-wit, zoals hij.'

De intellectuele negerin

Rosalynn woonde in Olive Branch, Mississippi, een dorp even ten zuiden van Memphis. Het was een appartementencomplex met een zwembad en twee tennisbanen, en zonder geparkeerde Cadillac Escalades of mannen in witte onderhemden.

Aan de voorkant van de auto van Rosalynn zat een rood en wit bord met de Griekse letters Delta Sigma Theta. Dat was de studentenvereniging waar ze lid van was geweest. De Delta's waren zwarte vrouwelijke studenten die bekend stonden om hun grote academische interesse.

Hun rivalen waren de zwarte vrouwen van Alpha Kappa Alpha, in groen met roze letters. De AKA's stonden bekend om de grote interesse die ze hadden voor hun uiterlijk. In studententermen: de Delta's waren studiebollen, de AKA's waren lekkere wijven. Alpha Kappa Alpha was de vereniging waar LaShondra lid van was geweest als ze op de universiteit zou hebben gezeten.

In de woonkamer stond een boekenkast die een hele muur bedekte. Literatuur, kunstboeken, geschiedenis, filosofische werken en een plank moderne politiek. De afdeling Computer Science was in de werkkamer.

Aan de andere muren hingen reproducties van laatmiddeleeuwse schilderijen in gouden lijsten. Er zat een Rembrandt bij, en een Vermeer. Ze hingen naast ingelijste zwart-witfoto's van Afro-Amerikaanse helden –

Martin Luther King, Jackie Robinson en Sidney Poitier. Op de grond lag een dik donkergroen vloerkleed.

Rosalynn had voor me gekookt. Grotemenseneten. Rijst en groenten, en cajun shrimps en een grote salade. We dronken er water bij en luisterden naar een cd van Miles Davis. Na het eten werd er geconverseerd. Ze kwam uit een welgestelde zuidelijke familie. Haar ouders, die nog getrouwd waren, hadden allebei lesgegeven op universiteiten in Mississippi. Het was een familietraditie om actief te zijn in de Democratische Partij.

Rosalynn droeg een lange rok met pastelkleurige bloemetjes erop. In de woonkamer was geen televisie. Naast de bank stond een antiek donkerbruin tafeltje, waarop het boek *My Life* van Bill Clinton lag. Rosalynn las het voor de tweede keer. Ze vertelde een uur lang over president Bush en de oorlog in Irak en orkaan Katrina in New Orleans.

Op Rosalynns verzoek vertelde ik over de complicaties van de Hollandse samenleving (de moeizame integratie van jonge moslimmannen, de micro-economische gevolgen van de invoering van de euro en de politieke moorden – allemaal zaken waar Rosalynn al van wist voor ze mij ontmoette). Daarna reed ik terug naar mijn hotel.

De volgende dagen bezochten Rosalynn en ik het Civil Rights Museum, ik kreeg een rondleiding over de campus van Ole Miss, een universiteit in Oxford, Mississippi die historisch bekend staat om zijn gesegregeerde karakter en we gingen naar de film – de nieuwe Woody Allen. Rosalynn zei de hele tijd dat ze mijn cultuur wilde leren kennen.

Ze praatte veel, maar alleen over serieuze dingen. Soms zeiden we ook een tijdje niets tegen elkaar.

In Wolfchase, het witte winkelcentrum waar de Hello Kitty-winkel was, hadden ze een boekwinkel. Daar verkochten ze gesigneerde exemplaren van het nieuwe boek van Paulo Coelho. Tijdens zijn boekentournee was hij in Memphis geweest. Ik kocht er een voor Naomi.

Er was ook een winkel waar ze precies dezelfde Calvin Klein-pumps verkochten, met luipaardprint, die Naomi had vergeten in het hotel in Tenerife waar we met mijn ouders op vakantie waren. Ik kocht een paar voor Naomi.

En er was een juwelier. Daar liet ik een goud met zilveren armband maken, met mijn naam en de naam van Naomi door elkaar.

Het alternatieve culturele centrum van Memphis heet het Pinch District. Het was in het historische gedeelte van de stad, met gebouwen van bijna honderd jaar oud. Rosalynn had me meegenomen naar een expositie van Afrikaans georiënteerde kunstwerken, bestaande uit schilderijen en beeldhouwwerken.

Ze had afgesproken met twee vriendinnen, Sojourner en Nefertiti. Haar vriendinnen droegen dreadlocks – echte, geen gevlochten staartjes – en lange jurken met wilde kleuren. Ze zagen eruit als Erykah Badu, maar met ander haar.

Sojourner was genoemd naar Sojourner Truth, die als slavin nog Isabella Baumfree heette. Isabella werd mishandeld, haar kinderen werden aan andere families verkocht en haar man werd weggejaagd door de slavendrijver, omdat hij van een andere slavendrijver was. Als ze kinderen zouden krijgen had de eigenaar van Isabella er niets aan. Ze moest kinderen krijgen met een slaaf van dezelfde eigenaar.

Na haar bevrijding veranderde Isabella Baumfree haar naam in Sojourner Truth en werd ze actief als anti-slavernij-activiste. In 1854 gaf ze haar grote toespraak. Op de Ohio Women's Rights Convention sprak ze de zin waarmee ze beroemd werd: 'Ain't I a Woman?'

Nefertiti was genoemd naar de vrouw van een farao uit het oude Egypte, die de schoonmoeder en waarschijnlijk ook de stiefmoeder was van Toetanchamon. En ze was genoemd naar de lp van Miles Davis uit 1967, waar Herbie Hancock en Wayne Shorter op meespeelden.

'Ik ben een groot liefhebber van het werk van Vincent van Gogh,' zei Nefertiti, nadat ze me een hug had gegeven. Ze had gehoord dat ik uit Nederland kwam.

Sojourner vroeg of ik wist dat Sojourner Truth als kind Nederlands sprak. Ze was opgegroeid in de Hollandse gemeenschap Swartekill, in upstate New York. Met negen jaar werd ze verkocht en leerde ze Engels spreken.

Sojourner en Nefertiti bekeken de rest van de expositie, Rosalynn en ik zochten de bar op. Zij nam een flesje water, ik een glas Chardonnay. Rosalynn nam een grote slok water, en nog een.

'Wat wil je met je leven?' vroeg ze. 'Ik ben niet zoveel ouder dan jij.' Rosalynn was zesentwintig. Ze had richting gegeven aan haar toekomst. Wat was mijn toekomst?

Ik nam ook een grote slok. 'Ik weet niet.' Het was Californische Chardonnay. 'Ik heb een paar opties. Na de zomer ga ik naar de universiteit. Ik weet niet zeker welke studie het wordt.'

Rosalynn keek de andere kant op. Sojourner en Nefertiti stonden al tien minuten te kijken naar een beeldhouwwerk van een blote Afrikaanse man. 'Wordt het niet tijd dat je bedenkt wat je wil?' Ze keek me nu aan. 'Verwende rijkeluiszoontjes die niets doen zijn niet zo aantrekkelijk, weet je.'

Ik nam nog een slok. 'Jouw ouders hebben toch op de universiteit gewerkt?' riep ik, net te hard. 'Ben jij geen rijkeluisdochtertje?'

De andere mensen aan de bar, allemaal Afro-Amerikanen in nette kleren, deden of ze niets hoorden, maar aan hun hoofden zag ik dat ze meeluisterden.

Rosalynn vroeg: 'Wat doe jij eigenlijk?' Het verschil tussen haar en mij was dat zij iets nuttigs had gedaan met haar kansen.

Ik zei niets.

Ik had dokter Bornstein beloofd dat ik zou bellen. 'Hallo hallo?' riep ik. 'Hoe laat is het daar?'

'David, goedemorgen.' In Amsterdam was het half acht 's ochtends.

Ik was op de hotelkamer, na een culturele avond met Rosalynn. De *Negende Symfonie* van Beethoven door het Memphis Symphony Orchestra, in het Cannon Center for the Performing Arts.

Tijdens de pauze van het concert haalden we kopjes koffie. Rosalynn was de enige zwarte vrouw in het hele gebouw.

'Weet je wat het probleem is?' vroeg ze. Ze had het niet direct tegen mij, het was meer in het algemeen. 'Op de universiteit werken bijna geen brothers. Ze bereiken mijn professionele niveau niet. Als er een voorbijkomt, is-ie altijd getrouwd. Meestal met een white girl.'

Het was niet duidelijk of Rosalynn wist dat ik naast haar stond. 'Ik word oud.' Ze praatte alsof er niemand bij was. 'Over een paar jaar ben ik in mijn eentje over. Zonder kinderen.'

Toen Rosalynn me na het concert bij mijn auto afzette, maakten we geen afspraak voor de volgende dag. Ze zei alleen: 'We bellen wel, oké?'

LaShondra had ik nog één keer aan de telefoon gehad. Ze vroeg: 'Can I talk to Dave?'

Ik zei dat ik het was.

'Ik heb niet meer van je gehoord.'

Ik zei niets terug.

'Ging je me nog helpen?'

Ik zei dat ik het verzoek een beetje raar vond.

'Waarom? Wij zijn vrienden. Ik heb vijftig dollar nodig, jij hebt het in je zak. Wat is er raar aan dat je mij helpt?'

'Ik voel me er niet gemakkelijk bij,' zei ik. 'Ik ben heel gevoelig.'

LaShondra riep nog een paar keer dat we toch vrienden waren. Ik zei nog een paar keer dat ik geen geld wilde geven. Daarna had ik haar niet meer gesproken.

'Hoe gaat het daar?' vroeg dokter Bornstein.

Ik had goed nieuws en slecht nieuws. 'Het goede nieuws is dat ik de intellectuele negerin hier heb gevonden. Ze heet Rosalynn.'

Dat vond dokter Bornstein mooi.

Het slechte nieuws was dat de intellectuele negerin niet bestaat. De kwaliteiten die zorgen dat een negerin een echte negerin is, verdwijnen zodra ze een intellectueel wordt. De intellectuele negerin is net zo saai als de intellectuele wittevrouw. Het is een utopie.

Dokter Bornstein was stil. Ik hoorde hem in de keuken scharrelen met koffiekopjes. Hij fluisterde iets tegen mevrouw dokter Bornstein. Aan mij vroeg hij: 'Gaat het verder goed met je?'

Het probleem was dat ik me niet thuis voelde tussen Hollanders, en dat het met negerinnen ook niet ging lukken. 'Dan blijft er niemand over,' zei ik. Er bestonden niet drie soorten negerinnen, maar twee. De eerste was de gepolijste negerin, die wel met een witteman wilde zijn. Die was zo aangepast aan de blanke maatschappij dat ze te saai werd. De tweede was de ongepolijste negerin, die normaal een zwarte man had. Ze was niet saai maar er kwamen te veel problemen als ze een witte man kreeg. Haar familie wilde het niet, zijn familie wilde het al helemaal niet, en ze was zo onaangepast aan de blanke maatschappij dat de verschillen tussen haar en mij te groot bleven.

'De intellectuele negerin is net zoals wij,' zei ik. 'Dan kan ik beter met Naomi zijn.'

Weer was dokter Bornstein stil.

Wat deed ik hier in Memphis met LaShondra en Rosalynn en wat had ik in Amsterdam gedaan met Rowanda en Alessandra en Lynn en Muriel en Isidra, ik wist niet eens meer hoe ze allemaal heetten, ik hoorde bij Naomi, wat wij hadden was anders dan wat ik met die anderen had, zij hield echt van me, die hele intellectuele negerin bestond niet zoals ik wilde dat ze bestond, het was een waanidee, ik hoorde niet in Memphis en ook niet in de Bijlmer, als ik met Naomi was voelde ik me veilig en had ik de rust om te bedenken wat ik wilde doen met mijn leven, als ik met haar was kwam alles goed en – stop.

Een land vol mensen niet zoals ik

... – stop. Ik wilde stoppen maar het lukte niet. Het was de hele vlucht doorgegaan.

Vanaf de stoel bij het raampje had je een mooi uitzicht. We waren er bijna. Ze zeiden dat vol = vol in Nederland, maar vanuit het vliegtuig zag je alleen grote weilanden die helemaal leeg waren, zelfs zonder koeien erop.

Op de stoelen naast me zaten Henk en Ria. Henk op de middelste stoel, Ria aan het gangpad. Henk en Ria kwamen uit een dorpje in Gelderland, ze waren net gepensioneerd, Henk had zijn hele leven gewerkt op het belastingkantoor, Ria op het gemeentehuis.

Ze hadden een georganiseerde rondreis gemaakt door Amerika. De laatste halte van de georganiseerde rondreis was Graceland. Henk en Ria hadden negen uur lang geklaagd over wat er allemaal mis was met Amerika, en hoe blij ze waren om thuis te komen.

Henk zei dat Amerika te duur was.

Ria vond dat de supermarkten zo groot waren dat je niets kon vinden. Dat was anders dan thuis.

Henk zei dat het dertig graden was, terwijl we pas in april zaten.

Ria vond dat de mensen oppervlakkig waren. Ze wensten je een goede dag, maar dat meenden ze niet. Zeg dan niets.

Henk vond dat ze in Amerika geen goed brood hadden. Het was slap en smakeloos. Hij wilde volkorenbrood.

Ria vond de hotels waar ze hadden gezeten zo onpersoonlijk, ze leken allemaal op elkaar. Eigenlijk leken al die steden ook op elkaar.

In Memphis zat ik al op mijn stoel bij het raampje toen Henk en Ria eraan kwamen. Ria leunde voor Henk langs en vroeg, in het Engels, of ik een Nederlander was. Ik deed alsof ik het niet hoorde. Ik had geen zin in gesprekken over waar ik had gezeten en hoeveel het had gekost.

Vijf minuten later vroeg Henk het. Ik zei in het Engels dat ik geen Hollander was.

Ria vroeg aan Henk, in het Nederlands: 'Denk je dat het een moslim is?'

Henk wist het niet zeker, maar hij dacht van wel.

Ria vroeg of ze de stewardess moest waarschuwen. Ze vertrouwde het niet. Straks zou ik het vliegtuig opblazen.

Eerst dacht Henk dat ik een Marokkaan was, alleen bleek ik geen Nederlands te spreken maar Engels. Daarna wist hij het niet zeker meer.

Ze spraken af dat Ria me in de gaten hield. Zodra ze een verdachte beweging zag, zou ze de stewardess waarschuwen.

Dat vond Henk een goed idee.

Henk en Ria woonden in hetzelfde land als ik, maar wat hadden zij en ik gemeenschappelijk, niets, waarom zat ik in een vliegtuig op weg naar een land vol mensen die niet waren zoals ik, wat had ik daar te zoeken, waarom was ik daar geboren en niet ergens anders, ze praatten over me alsof ik een dier was, terwijl ik op het gymnasium had gezeten en mijn vader de baas was van het enige fatsoenlijke programma op de vaderlandse televisie, ik zou later ook ergens goed in worden, net als mijn vader, ik wist alleen nog niet wat het was, en mijn ouders zouden het niet meer pijnlijk vinden als de mensen in Oud-Zuid vroegen wat ik deed, maar wat maakte het uit wat de mensen in Oud-Zuid van mij vonden, dat waren allemaal Hollanders, de meest schijnheilige mensen die er bestaan, het is nooit de schuld van de Hollanders, niet tijdens de slavernij, niet in de Tweede Wereldoorlog, niet daarna in Indonesië, en nu niet met de Marokkanen, en als ze in het vliegtuig toch al de hele tijd zaten op te letten of ik iets verdachts zou doen, misschien moest ik dan wat doen om ze bang te maken en – stop.

We waren op Schiphol.

Een emotional rollercoaster

Schiphol is een slechte plek om eruit te zien als een Marokkaan. Toen ik met mijn koffer naar buiten probeerde te lopen, vroegen de douanemannen in blauwe uniforms om mijn paspoort.

Een douaneman met een lichtbruin snorretje en lichtbruin haar met veel roos erin vroeg: 'Samuels, is dat een Nederlandse naam?'

'Ja.'

'Waar komt meneer oorspronkelijk vandaan?'

'Uit Amsterdam.'

'Maar waar komt meneer echt vandaan? Welk land noemt u thuis?'

'Ik weet niet,' zei ik. 'Nederland?'

De douane-man zei dat ik mijn bagage even mee mocht nemen en op een tafel leggen.

Iedere keer doen ze hetzelfde. Ze pakken alle kleren uit de koffer en leggen ze op tafel. Dan onderzoeken ze de lege koffer, alsof daar hele gevaarlijke dingen in zitten, pakken alle kleren en leggen ze terug in de koffer. En ze bedanken voor de medewerking.

Mijn moeder bracht me met de Saab naar huis. De bos bloemen die ze had meegenomen lag op de achterbank. Ze vond het zo leuk dat ik thuis was en ze had een welkom-thuis-festijn voor me georganiseerd.

Toen ze vroeg hoe het was geweest in Amerika zei ik: 'Het was een emotional rollercoaster.'

Ik vertelde dat de mensen naast me in het vliegtuig dachten dat ik een Al Qaida-terrorist was. Mijn moeder keek uit het raam.

Langs het Olympisch Stadion reden we de stad binnen. Ik vroeg hoe het met Naomi ging. Geen antwoord.

Bas was op de MSN. Naomi ook.

David zegt:
hallo daar
David zegt:
hoe gaat het met jou?
David zegt:
Naomi!
David zegt:
we zijn weer thuis

Geen reactie.

David zegt:
he man
David zegt:
ik ben back in de house
Bas zegt:
aha
David zegt:
het was een dolle boel
David zegt:
het was on-Nederlands
Bas zegt:
welcome home
David zegt:
ja ja

David zegt:
wat wilde je nou tegen me zeggen?
David zegt:
die computer ging stuk vorige keer
Bas zegt:
goede vlucht gehad?
David zegt:
ja goede vlucht
Bas zegt:
heb je geen jetlag?
David zegt:
ik doe niet aan jetlag
David zegt:
wat wilde je nou zeggen?
Bas zegt:
je gaat het niet leuk vinden

Een lichtje bij de MSN-conversatie met Naomi. Eindelijk.

Naomi86 zegt:
gaat goed hoor
Naomi86 zegt:
lang niet gesproken
David zegt:
ja zeker
David zegt:
ik heb je gemist
Naomi86 zegt:
ok
David zegt:
heb je mij niet gemist dan?
Naomi86 zegt:
ik weet niet

Daar was het lichtje van de MSN-conversatie met Bas.

> Bas zegt:
> Naomi gaat nu met Daan

En toen:

> Naomi86 zegt:
> ik heb er niet veel aan gedacht
> Naomi86 zegt:
> geloof ik

Davids dagboek: Oude en nieuwe R&B (2)

Het was nooit eerder nodig geweest, dus ik had tien jaar de tijd gehad om erover na te denken. De beste muziek voor als je vrouw ervandoor is met je beste vriend.

In My Mind van Heather Headley. Over een vrouw die haar man out on the town met een ander ziet. Het maakt niet uit dat ze nu even uit elkaar zijn. In haar mind weet ze dat hij altijd haar man zal blijven.

Alles van The Isley Brothers.

Alles van Joe.

Alles van Kem.

Friend of Mine van Kelly Price, in de remix met R. Kelly en Ron Isley. Over een vrouw (Kelly Price) van wie de echtgenoot (R. Kelly) haar bedriegt met haar beste vriendin. Ron Isley, in de muzikale rol van Mr. Biggs die hij altijd speelt in duet met R. Kelly, is de peetvader van Kelly Price. In een R&B-opera belt Ron Isley eerst Kelly Price, daarna bellen ze samen R. Kelly om hem te confronteren.

Wishing On A Star van Rose Royce.

Lovin' You van Minnie Riperton.

Ooh Child van The Five Stairsteps.

Stay van Chaka Khan. Tientallen keren opnieuw zingt ze: stay.

Alles van Mary J. Blige.

Alles van Syleena Johnson.

Alles van Keke Wyatt.

De cd *Southern Gal* van Terry Ellis in het algemeen en

nummer 3, *Where Ever You Are*, in het bijzonder. Over een verloren liefde die ze zal terugvinden, waar hij ook is.

If Loving You Is Wrong en *If You Think You're Lonely Now* van Bobby Womack.

Alles van R. Kelly. Buitencategorie.

'Cause I Love You van Lenny Williams. Het liefdesverdrietlied dat alle andere liefdesverdrietliederen overbodig maakt. Een zeven minuten durend meesterwerk uit 1978, over de pijn die een man voelt als zijn vrouw hem verlaat. Hoogtepunt: het hartverscheurende parlandogedeelte op de helft.

One time things got so bad until
I had to go to one of my friends and talk to him
And I told him, I said, you know
I'm having problems with the woman that I love
It seems that I call her on the phone and I just can't get her to answer
And then I went to her house and I saw a car parked in the driveway
I knocked on the door, but still my knocks went unanswered
And then I went home and I watched television until television went off
And then I played my records until I just didn't want to hear them anymore
And finally I went to bed, but I found myself waking up a few hours later
And the tears were running down my face

Naomi86 zegt:
ja

Het duurde drie dagen en 742 keer Lenny Williams voor ik mijn huis uitkwam. Soms voel je muziek, in je hart. Ik voelde Lenny. Als hij zong, was het alsof hij precies begreep wat ik voelde. Vooral in het deel waar hij geen tekst zong, maar alleen een soort oerkreet, die zo klonk: oh oh oh oh oh oh oooh. In die oooh's zat het gevoel dat ik had na de MSN met Naomi.

David zegt:
wat hoor ik
David zegt:
ben jij nu met daan?
Naomi86 zegt:
van wie hoorde je dat
David zegt:
is het zo
Naomi86 zegt:
van wie hoorde je het
David zegt:
is het zo?
Naomi86 zegt:
ja

Mijn koffers waren dicht, ze stonden in het midden van de kamer. Ik lag met mijn schoenen aan op bed. Met de afstandsbediening spoelde ik iedere keer het stuk terug waarin Lenny zong: oh oh oh oh oh oh oooh.

Dit is hoe de verdieping er na drie dagen uitzag.
De koffers onuitgepakt in het midden van de kamer.
Overal vieze borden en glazen en bestek en lege etensverpakkingen. Mijn moeder had gezorgd dat de ijskast vol was toen ik terugkwam.
In de kast stonden twee dozen wijn. Die waren leeg. Bij de eerste twee flessen had ik een glas gebruikt, daarna niet meer. Verder een fles Bacardi, een fles wodka en een fles tequila. Leeg. In de tax-free winkel had ik twee flessen Piper Heidsieck gekocht, die ik met Naomi wilde opdrinken. Ook leeg.
De Hello Kitty-vaas, die ik speciaal had meegenomen in mijn handbagage, lag in stukken voor de muur waar ik 'm tegenaan had gegooid. Naast de vaas lag de telefoon die ik kapot gooide nadat op de eerste avond de fles Bacardi leeg was. Ik had Naomi gebeld, zestien keer achter elkaar, maar ze nam niet op.

De sleutel viel uit de deur. Dat betekende dat iemand aan de andere kant van de deur een sleutel erin stak. Ik lag op de grond naast de koffers. Het was mijn moeder. Ze probeerde me al drie dagen te bellen. Mijn welkom-thuisfestijn begon om zeven uur, het was nu vier uur.
Ze vroeg: 'Wat is hier gebeurd?'
Ik vroeg wat ze bedoelde.
'Wat denk je dat ik bedoel?'
Ik lag nog op de grond. Ze kwam aan mijn voorhoofd voelen of ik koorts had.

Mijn moeder bleef erbij staan terwijl ik twintig minuten onder de douche stond en mijn tanden poetste. Ze pakte mijn koffers uit, ruimde de etensresten en lege flessen op, daar waren drie vuilniszakken voor nodig, verschoonde het bed, zette de ramen open, deed de afwas en ze stofzuigde.

Ik haalde de luipaard-pumps van Calvin Klein uit de doos en liep naar het raam.

Mijn moeder vroeg wat er aan de hand was.

Ik zei: 'Naomi?'

Ze had het gehoord, van de vader van Daan. Wilde ik erover praten?

Ik zei: 'En Rowanda?'

Was ik in staat om naar het welkom-thuis-festijn te gaan?

'Waarom niet?' vroeg ik.

Ze had al mijn vrienden uitgenodigd. Om kwart voor acht kwamen we binnen. Mijn vader was er, met Bas. Op tafel stonden twee quiches, een lorraine en een met zalm, allebei intact, een grote Griekse salade, drie dozijn oesters en zes flessen Piper Heidsieck, waarvan er een open was. Ik pakte een leeg glas, dat werd afgepakt door mijn moeder.

'Waar is iedereen?' vroeg ik.

Mijn moeder snapte het niet, ze waren allemaal uitgenodigd. Ze had zeven uur gezegd. Om kwart voor acht hadden er meer mensen moeten zijn dan er nu waren.

Ik pakte een ander glas, dat ik tot de rand vol schonk met Piper Heidsieck. 'Het maakt niet uit,' zei ik.

Bas vroeg hoe Memphis was, en of ik foto's had gemaakt.

'Waar moet ik het met ze over hebben?' vroeg ik.

Bas vroeg of ik veel kleren had gekocht, of nieuwe dvd's en cd's.

'Het is beter dat ze niet zijn gekomen.'

Bas vroeg waarom.

'Het zijn kaaskoppen.' Ik kon niet verder met Naomi en Daan en Annet en Esther en wist ik veel hoe ze heetten, al die kaaskoppennamen kon ik niet uit elkaar houden.

Bas vroeg of ik niet ook een kaaskop was.

Ik zei nee.

'Je bent wit,' zei hij. 'Net als ik.'

'Ik ben niet wit,' zei ik. 'Ik ben gemixt.'

'Gemixt met wat?'

'Met joods?'

Volgens Bas bleef ik een Hollander, net als hij.

Dat riep mijn opa ook, toen ze hem op de trein naar Auschwitz zetten. Ik ben toch een Hollander, net als jullie? Waarom moet ik dan weg uit Nederland?

Bas begon met zijn telefoon te spelen. Een platte Sony-Ericsson. Ik wist niet zeker of ik het verhaal over mijn opa en de trein naar Auschwitz hardop had gezegd, of alleen in mijn hoofd.

Ik vroeg of ik de telefoon van Bas even mocht hebben.

Hij gaf me zijn telefoon en liep de tuin in. Ik ging naar laatste oproepen. Het nummer van Daan stond bovenaan. Toevallig. Ik belde Daan.

Hij nam op met: 'Hé Bassie.'

Ik zei: 'Met David.'
Daan was stil.
'Wat de fok,' zei ik. 'Naomi?'
Daan bleef stil. Twee minuten lang. In die twee minuten: hij mocht Naomi houden, ik hoopte dat ze gelukkig werden met elkaar, ik kon niet meer meedoen aan hun kaaskoppenleven, Daan begreep het toch niet omdat hij bruin haar had en ik zwart haar, als ik bruin haar zou hebben was ik ook een kaaskop geworden, maar het was niet alleen dat zwarte haar, het was ook de muziek waar zij naar luisterden, de boeken die ze lazen, de tv-programma's waar ze naar keken, de gesprekken die ze voerden in de taal die zij spraken, de plannen die ze hadden met hun leven, de kleren die ze droegen, de vrouwen die ze mooi vonden – daar deed ik allemaal niet aan mee.
Ik was klaar met praten.
'Je hebt er zelf voor gekozen,' zei Daan. 'Jij wilde niet meer met ons meedoen. Jij wilde Naomi niet meer.'
'Ik heb er zelf voor gekozen,' zei ik.
Daan zei niets.
Ik zei: 'Alleen maar nette mensen.'
Hij hing op.
Bas had het laatste deel van het gesprek gehoord. Hij pakte zijn telefoon uit mijn hand.
Mijn moeder zette het eten terug in de ijskast. Alleen de champagne was aangebroken. Ik vroeg of ik de telefoon van Bas nog een keer mocht lenen, dan deed ik mijn eigen sim-kaart erin, die had ik uit de kapotte Samsung gehaald.

Ryan vroeg: 'Hallo?'
'Hallo daar,' zei ik. 'Met David.'

Hij was met iemand anders aan het praten. Na een halve minuut hoorde ik: 'Ja, met wie?'
'Met David?'
'O ja,' zei Ryan. 'Hoe gaat het?'
Ik zei dat ik terug was uit de Dirty South.
Dat vond hij leuk voor me. 'Ro heeft een nieuwe vriend,' zei Ryan. 'Een zwarte, ze wil nooit meer een bakra.' Ryan ging verder met zijn andere gesprek. In de telefoon zei hij: 'Ik spreek je later oké?' Hij hing op.

Bas was naar huis. Op mijn jongenskamer had ik de boeken van het bed gehaald. Ik lag onder een dekbed van de Simpsons, daar was ik vroeger fan van. Ik had geen zin om alleen thuis te zijn, maar ik had nergens om heen te gaan en niemand om te bellen.
Mijn moeder kwam binnen met de telefoon. Ze hield haar hand over de hoorn. Het was Naomi, mijn moeder wist niet of ik haar wilde spreken.
'Hofstadgroep,' zei ik in de telefoon. 'Met Mo.'
Naomi vond het niet grappig. Eigenlijk ik ook niet. Ik wist niet wat ik moest zeggen. Naomi was stil.
Ze had gezien dat ik belde, en ze had teruggebeld, maar toen nam ik niet op.
Ik vroeg hoe het met haar ging.
Het ging goed, ook met de studie.
Ik wilde vragen of het lekker was, om te ballen met Daan, en of ze mij met z'n tweeën uitlachten, en of Daan dacht dat hij nu had gewonnen, en hoe zat het met haar vriendin Esther, wat vond die ervan dat zij en Daan elkaar hadden gevonden, was ze trots op zichzelf, en wat moest ik met Hello Kitty-souvenirs en Calvin Klein luipaard-pumps en de afspraak dat we elkaar zouden zien als ik terug was – maar ik zei niets.

‘Het spijt me dat het zo is gegaan,’ zei Naomi. ‘Het kon niet anders. Ik moest verder. Het werd te negatief.’

Ik vertelde. Dat ik Naomi had gezien als mijn laatste kans om mee te doen aan de Oud Zuid-way of life, dat ik dacht dat wij het samen gingen doen zoals we van plan waren geweest, nu wist ik niet wat ik moest doen, alles was weg, ik wist niet hoe ik in mijn eentje vanaf nul verder moest.

Naomi vond het vervelend voor me, maar ik moest ook begrijpen dat –.

Ik zei dat het goed was. Ik hing op.

O ja

Na het welkom-thuis-festijn gaf mijn moeder me de twee quiches mee, allebei intact, en een grote plastic bak met Griekse salade en een dozijn oesters. Het welkom-thuisfestijn was de enige keer in een week dat ik naar buiten was geweest.

Vier dagen later was het eten op, ik had geen andere keuze. Het nadeel van Albert Heijn is dat er geen smaak aan het eten zit. Het voordeel was dat ik alles in één keer kon kopen. Ik hoefde zo kort mogelijk het huis uit.

In de Albert Heijn in de Gerrit van der Veenstraat waren bij de vleeswaren drie jongetjes van veertien of vijftien in skateboardkleren. Ze deden Marokkanen na.

Een zei, met Marokkaans accent: ‘Tez, je weet toch, varken mag niet.’

‘Ik eet toch wat ik wil,’ riep de ander, ook met Marokkaans accent.

De derde fluisterde: ‘Stil, daar heb je er een.’ Alledrie keken ze naar mij.

Het karretje was tot de rand vol. Toen ik de boodschappen op de band deed, zag ik het naambordje van de caissière: Naima. Het was dezelfde van die zondag dat ik met mijn vader boodschappen deed. Ik wist niet zeker of ze me daar nog van kende.

Caissières begroeten klanten altijd op hetzelfde moment: wanneer de klant ervoor geheel is afgehandeld. Daarvoor doen ze alsof je er niet staat.

Naima zei: 'Hallo.'
Ik zei: 'Hallo.'
Ik betaalde, Naima gaf me zwijgend het wisselgeld, en ik begon de boodschappen in tassen te doen.
In de supermarkt wordt de ruimte waar de boodschappen liggen door een plank in tweeën verdeeld, zodat twee klanten tegelijk hun tas kunnen inpakken. Wanneer de eerste klant een man is die eruit ziet als een Marokkaan en de tweede klant is een Hollander, dan gebeurt dat als volgt: de eerste klant pakt zijn boodschappen in en de tweede doet alsof die staat te wachten om af te rekenen, maar houdt tegelijkertijd, zo onopvallend mogelijk, in de gaten of de eerste niet stiekem extra spullen in zijn tas doet en daar snel mee vandoor gaat.
Achter me stond een vrouw met een lichtbruine bontjas. Buiten was het twintig graden. Onder de joden bestaat een groep mensen die rood haar hebben. Daar hoorde deze vrouw bij.
Ik deed mijn laatste boodschappen, een plastic zak met twee sesamzaad-bagels, in de tas en de vrouw met de bontjas riep: 'Hé! Dat zijn mijn bagels.'
Ik vroeg: 'Wat?'
'De bagels die je in je tas doet,' zei ze. 'Je probeert ze van me te stelen.'
Ik zei dat ik geen bagels van 1 euro 18 hoefde te stelen.
'Nee nee,' riep ze. 'Ik zag je wel.'
Bij alle kassa's om ons heen was de aandacht nu op mij gevestigd. Naima keek naar mij, ik keek naar haar. Ze pakte een zak bagels die ze nog niet had gescand en vroeg: 'Bedoelde u deze, mevrouw?'
'O ja,' zei de vrouw in de bontjas. Ze draaide zich met haar rug naar me toe en concentreerde zich op haar boodschappen. Tegen mij zei ze niets.

Bedankt voor de gezelligheid

Twee dagen na de vrouw in bontjas.

Ik moest een zonnebril (Diesel) opzetten, want ik had twee dagen binnen gezeten met de gordijnen (Bijenkorf, donkerblauw) dicht.

De kamer van Naomi was aan de straatkant, op de tweede verdieping. Naast het raam stond een grote lamp. Die was aan. Als ze wegging zette Naomi de lamp altijd uit, vanwege het milieu.

Haar moeder deed open. 'Hé David,' zei ze. 'Jij hier?'

'Ja, ik hier,' zei ik. 'Is Naomi thuis?'

'Eh... nee.' De moeder van Naomi keek omhoog, naar het plafond. 'Die is er niet.'

'Volgens mij is ze er wel.' Ik begon met een robotstem te praten.

'Nee echt niet,' zei ze.

Ik vroeg waarom het licht dan aan was in haar kamer.

Dat wist ze niet.

'Mag ik even kijken?' Nog steeds de robotstem. 'We zijn hier toch met alleen maar nette mensen?'

Ze vond het geen goed idee.

'Waarom niet?'

'Gewoon niet.' De moeder van Naomi werd bang van me. Ze vond dat ik me eng gedroeg en ze wilde dat ik wegging. Ze deed de deur dicht.

Ik liep naar de overkant van de straat om te zien of ik bij de kamer van Naomi naar binnen kon kijken. Haar moeder kwam voor het raam staan. Ze deed de gordijnen dicht.

Ik belde Naomi. De telefoon ging twee keer over en daarna naar voicemail.

Ik belde Bas. Hij was bezig en zou me vanavond terugbellen. Of morgen.

Ik belde Daan. Hij nam niet op.

Ik belde Naomi nog een keer. De telefoon ging direct naar voicemail.

Ik belde Ryan. Hij vroeg: 'Ik had toch gezegd dat Ro een nieuwe vriend heeft?'

Ik zei ja.

Ryan ging me later bellen.

In de droom liep ik door een donkere tunnel. Daar liepen ook vijf Marokkaanse jongens. Ze praatten hard met elkaar, op een toon waarvan Hollanders denken dat die agressief is. Ik dacht: moet ik nu bang voor ze zijn, of juist niet?

De Marokkaanse jongens liepen de tunnel uit. Ik liep verder de tunnel in. Het werd donkerder. Er kwam een Hollands gezin aan. Vader, moeder en twee kinderen. Ik vroeg me af hoe het ook weer zat: waren zij bang voor me, of konden ze zien dat ik uit Oud-Zuid kwam?

Ik zei: 'Hallo?'

De vader pakte de kinderen, een jongen en een meisje, bij de de hand. De moeder zei: 'Snel, doorlopen.'

Ik stak mijn hand op en riep: 'Bedankt voor de gezelligheid.' Ze keken niet om.

De droom was afgelopen. Om half vier 's middags werd ik wakker. Niemand om te bellen en nergens om heen te gaan.

Stop

Het was de eerste keer in meer dan vijfentwintig jaar dat de koningin op Koninginnedag naar Amsterdam kwam. Het Museumplein was ingericht als een oud-Hollandsche speeltuin. Achter hekken keek publiek toe hoe de koninklijke familie op een groot grasveld deed aan koekhappen, steltlopen en volksdansen.

Het Museumplein is zo dichtbij dat ik thuis, met de ramen dicht, alles hoorde wat er gebeurde. Ik had twee mogelijkheden: thuis blijven of naar buiten gaan. Het lawaai was zo hard dat ik naar buiten ging.

Er waren meer dan dertigduizend mensen, zeiden ze – allemaal Hollanders. Daar was niemand bij die ik kende. Amsterdammers willen niet meedoen aan Koninginnedag in Amsterdam. Het is geannexeerd door provincialen.

Ik stond achter een ijzeren hek. Vijftien meter verder stond de volgende koning van Nederland. Hij was blond en roze en stopte zijn benen in een bruine juten zak, om zo te gaan zaklopen. Dat betekende dat hij met zijn benen in een zak zo snel mogelijk vooruit moest springen, terwijl dertigduizend mensen naar hem keken. De volgende koning van Nederland was een man van in de veertig.

Drie verschillende manieren waarop Hollanders snel de andere kant op kijken als ze iemand tegenkomen die hoort bij de mensen die ze allochtonen noemen.

Zonder schaamte je hoofd de andere kant op draaien. Deze boodschap wordt door mensen die ze allochtonen noemen opgevat als: ik wil niet dat jij in mijn land bent, dus ik wil jou niet zien.

De tweede methode valt moeilijk te onderscheiden van de eerste: per definitie niemand aankijken, of het nu Hollanders zijn of mensen die ze allochtonen noemen.

De derde variant, het meest typerend voor het karakter van de Hollander: doen alsof plotseling iets de aandacht trekt, je mobiele telefoon die overgaat of een andere belangwekkende gebeurtenis. De achterliggende gedachte van deze actie luidt: nee, ik heb niets tegen de mensen die ze allochtonen noemen, die anderen misschien wel, maar ik echt niet.

Op het Museumplein waren meer dan dertigduizend mensen, maar daar was er niet één bij die niet meteen de andere kant op keek als ik eraan kwam.

Waarom zou ik meedoen aan een land waar een man van in de veertig een uitkering krijgt van meer dan een miljoen euro om in een juten zak op en neer te springen, en iedereen vindt het normaal, waarom zou ik meedoen aan een land waar niemand iets met me te maken wil hebben, of ze nu Naomi heten, of Rowanda, waarom zou ik meedoen aan een land waar de mensen niet eens naar me willen kijken omdat ze denken dat ik het laagste van het laagste ben, Marokkanen doen vriendelijk tegen me, ze denken dat ik een van hun ben, en als jullie allemaal willen dat ik een Marokkaan ben, misschien moet ik maar een Marokkaan zijn, dan hoef ik nooit meer mee te doen aan dit land, want dat doen Marokkanen niet en – stop.

Dag schoonheid (2)

Om van het Museumplein naar huis te komen moest ik langs het Concertgebouw. Ze had lange donkerbruine krullen, ronde dikke billen in een lichtblauwe spijkerbroek, met daarin een roze overhemd waarbij je van de achterkant kon zien dat wat aan de voorkant zat groot was. Van achteren had ik alleen aan haar handen kunnen zien wat de huidskleur was. Ze hield haar handen zo dat ik ze niet kon zien.

Voor de ingang van het Concertgebouw stond ze, alleen, met haar gezicht naar Bodega Keyzer. Dat was de vaste hangout van de beroemde columnist. Ik liep eromheen om de voorkant te bekijken. Het was Naima, uit de Albert Heijn bij de Beethovenstraat.

'Dag schoonheid,' zei ik. 'Ik ben David. Wie ben jij?'

Ze vroeg: 'Je weet toch wie ik ben?'

'Maar natuurlijk,' zei ik. 'Jij bent Naima, van Albert Heijn.'

Ze was met twee vriendinnen. Die waren naar het grasveld gelopen om naar de koninklijke familie te kijken, zodat ze konden lachen. Naima hoefde die mensen niet van dichtbij te zien.

Ik vroeg waar ze woonde.

'Bij het Olympiaplein.'

Dat was in de buurt. Ik dacht dat daar geen Marokkanen woonden.

'Wat is dat?' vroeg Naima. 'Waarom zouden daar geen Marokkanen wonen?'

Ik zei dat het een grapje was.

Ze vond het een mislukt grapje. Naima was geen analfabete holbewoner uit de bergen, haar familie kwam uit Casablanca. Waarom zou ze niet bij het Olympiaplein wonen?

Mijn overhemd was zwart. Naima zag de davidster die om mijn nek hing. 'Oooh.' Ze pakte de ster. 'Daarom kwam je in die Albert Heijn.'

Ik vroeg of ze een probleem had met de davidster.

'Eh...' Ze moest kort nadenken. 'Nee. Ik kom toch uit Casablanca. Wereldburger.'

Ik vroeg of ze goed kon koken.

Dat kon ze.

Wat was haar specialiteit?

'Wat denk je?' vroeg ze. 'Shoarma?'

Ik had altijd begrepen dat shoarma uit Israël kwam.

'Nee man,' zei Naima. 'Het komt uit Marokko. Halal.'

'Je bedoelt koosjer,' zei ik.

Koosjer, halal – het was allemaal hetzelfde.

Ik vroeg of ze een keer voor me ging koken.

'Dat is goed,' zei Naima. 'Maar ik kook niet die Albert Heijn-shit die jij koopt. Alleen echt eten, met kruiden en zo.'

'Normaal eet ik geen Albert Heijn-shit,' zei ik. 'Het was een incident.'

Voordat ik bij haar thuis mocht eten, moesten we eerst naar een restaurant en naar de bioscoop en dan nog een keer uit eten, maar niet van dat tweedehands eten, en weer naar de bioscoop en twee keer wandelen in het park, en daarna moest ik zorgen dat –.

Ik zei: 'Dat lijkt me een strak plan.'

Graag wil ik de volgende mensen danken voor hun hulp, op uiteenlopende manieren, bij het schrijven van dit boek:

Samira Abbos-Bouchibti, Margreet Anches, Margarete Barreira de Souza, Hans van der Beek, Bor Beekman, Sheila Gogol, Jan-Jaap Heij, Arnie Heinze, Marvin Jacobs, Stan de Jong, Arno Kantelberg, Mark Koster, Miriam Maria Magdalena, Jossine Modderman, Erik Noomen, Antoinnette Scheulderman, Sojourner Selmon, Lynn Spier, Geneviève van Velzen, Leon Verdonschot, Alex Vuijsje en Bert Vuijsje.

En iedereen bij uitgeverij Nijgh & Van Ditmar en Literair Agentschap Sebes & Van Gelderen.

Robert Vuijsje

FSC
Mixed Sources
Productgroep uit goed beheerde bossen en andere gecontroleerde bronnen
www.fsc.org Cert no. SCS-COC-001256
© 1996 Forest Stewardship Council

Uitgeverij Nijgh & Van Ditmar stelt alles in het werk om op milieuvriendelijke en duurzame wijze met natuurlijke bronnen om te gaan. Bij de productie van dit boek is gebruikgemaakt van papier dat het keurmerk van de Forest Stewardship Council (FSC) mag dragen. Bij dit papier is het zeker dat de productie niet tot bosvernietiging heeft geleid.